Louis Holm

Die Hosenmadam

Louis Holm

Die Hosenmadam

und andere Geschichten
aus Schwaben
zum Lesen und Vorlesen

Silberburg-Verlag

Vom selben Autor
liegt im Silberburg-Verlag vor:
Der Zwiebelkuchen
und andere Geschichten
aus Schwaben zum Lesen und Vorlesen
120 Seiten, fest gebunden.
Erhältlich in jeder Buchhandlung.

1 2 3 4 5   99 98 97 96 95

© Copyright 1995 by Silberburg-Verlag
Titus Häussermann GmbH, Tübingen.
Alle Rechte vorbehalten.

»Die blaue Kuh«:
© Copyright by Dr. Ulrich Mohl, Pfullingen.

Umschlagbild: Hans Laichinger, Laichingen.

Druck: Clausen & Bosse, Leck.
Printed in Germany.

ISBN 3-87407-1206-1

Inhalt

Die Hosenmadam 9

Kollegen 16

Rauch und Ruß 19

Tierischer Undank 23

Eine seltsame Heilige 30

Kindersegen 34

Anrüchige Angelegenheiten 38

Der Urlaubsbart 45

Der Bombolesbaum 51

Familienausflug 57

Der Hausfriseur 59

Jubiläumssekt 66

Beim Essen und Schlafen 71

Blauer Dunst 75

Die Versteigerung 79

Beichte 86

Das Dienstzeugnis 90

Ein Dorfschulmeister 98

Kohldampf 109

Der König im Badezuber 113

Die blaue Kuh 116

Zur Einführung

Nach der überaus freundlichen Aufnahme, welche im Herbst 1993 »Der Zwiebelkuchen« gefunden hat (inzwischen wird eine dritte Auflage vorbereitet), legt der Verlag hiermit ein weiteres Lese- und Vorlesebuch vor.

Die nunmehr präsentierte »Hosenmadam« enthält viele neue Schmunzelgeschichten. Darunter befinden sich auch, auf wiederholte Anfragen hin, eine Reihe vergnüglicher oder mehr besinnlicher Erzählungen aus dem seit Jahren vergriffenen Erstlingswerk des Autors, »Die Kauzenhecke«, und anderen inzwischen nicht mehr erhältlichen Druckwerken – lauter Geschichten, von denen der Verlag glaubte, sie der Öffentlichkeit wieder zugänglich machen zu sollen.

Der Verfasser ist in den letzten Jahren landauf landab auch als »Reiseschriftsteller« bekannt geworden. In weit über 150 Lesungen hat er bisher seine Werke vorgestellt und damit, wo er auch hinkam, viel Anerkennung gefunden. Stets wird ihm dabei bestätigt, daß seine mit hintergründigem Humor gewürzten Geschichten nicht nur Frohsinn bringen, sondern auch nachdenklich stimmen, daß sie aus dem leibhaftigen Leben geschöpft sind und immer wieder den Zauber dankbarer Erinnerung atmen.

Heiteres und Nachdenkliches verbinden sich auch in diesem neuen bunten Reigen volkstümlicher und unterhaltsamer Kurzgeschichten. Er ist gedacht für Schwaben und Reingeschmeckte. Man findet darin Historisches und Aktuelles, Ausgefallenes und Alltägliches. Dabei vermengt sich abermals Erfundenes mit Selbsterlebtem und Zugetragenem. Das alles wird dargeboten als ein reichgemischter Strauß einheimischer Früchte, von dem Verlag und Autor wünschen, daß die Leser und Zuhörer lange ihre Freude daran haben mögen.

Pfullingen, im März 1995 *Louis Holm*

Die Hosenmadam

Sie müßten ihr, falls Sie schon vor dem Krieg hier gelebt haben, auch einmal begegnet sein, dieser ungewöhnlichen Frau mit ihrer aufsehenerregenden äußeren Erscheinung. Sie war keine Einheimische und galt doch als Stuttgarter Original. Bescheiden und hoheitsvoll zugleich, erschien sie mir immer als Mischung aus weiblichem Naturapostel und indischer Maharani.

Stuttgart zählte damals 460000 Einwohner, darunter wohl eine Viertelmillion Frauen. Sie aber unterschied sich von allen ihren Geschlechtsgenossinnen durch ihre ausgefallene Kleidung, trug sie doch stets ein helles Leinenkostüm, das wir heute als Hosenanzug bezeichnen würden, und ihre Beine steckten in modischen Sandalen, die sich von den damaligen Einheitsprodukten à la Wörishofen unterschieden wie Lackschuhe von Kommißstiefeln. Was aber jedem schon von weitem in die Augen stach und was mancher als schockierend empfinden mußte, das waren ihre Hosen, denn so etwas war in den dreißiger Jahren noch undenkbar. Und weil die Frau die erste und einzige Feministin in unserer Stadt und wahrscheinlich im ganzen Land blieb, die es wagte, dergestalt in die Domäne der Männerwelt einzudringen, hieß man sie in Stuttgart allgemein die »Hosenmadam«.

Nun war es ja bekanntlich unter den braunen Machthabern nicht ungefährlich, gegen den Stachel zu löcken oder auch nur von der Norm abzuweichen. »Alternative« wurden sofort verwarnt, und wer dann nicht spurte, machte schnell mit dem Gefängnis Bekanntschaft. »Unverbesserliche« oder »Überzeugungstäter« verschwanden sogar für immer in den Lagern. Eigentlich bleibt es mir unerklärlich, warum sie die »Hosenmadam« gewähren ließen, denn jede andere wäre wegen Erregung öffentlichen Ärgernisses gemaßregelt worden. Vielleicht, weil sie als »Auslandsdeutsche« galt und dabei nicht aus dem »dekadenten« Westen stammte, auch nicht aus dem »jüdisch-bolschewistischen« Rußland, sondern aus dem fernen Morgenland, dessen Völker, vom »perfiden Albion« unterdrückt, nicht selten mit Hitler sympathisierten, und wo man die Urheimat der »Arier« vermutete. Mancher von den Goldfasanen mag in der blonden »Hosenmadam« sogar die Inkarnation einer indogermanischen Göttin gesehen haben.

Sie muß irgendwo im Süden der Stadt gewohnt haben, denn ich begegnete ihr alle paar Wochen einmal am Schloßplatz oder am Olgaeck, meistens aber am Bopser, weil von dort bis nach Degerloch ein Straßenbahnfahrschein nur fünfzehn Pfennig kostete. Immer wirkte sie gleich exotisch und respektgebietend, und es ist mir nicht erinnerlich, daß sie jemals von den Gassenbuben behelligt worden wäre.

Dabei waren wir alles andere als harmlos, aber ihr gegenüber schlug doch unsere gute Erziehung durch. Von den Eltern noch zur Höflichkeit angehalten, grüßten wir die »Madam« artig und boten ihr in der Straßenbahn unseren Sitzplatz an.

Einmal bin ich in einem »Fünfer« mit ihr sogar ins Gespräch gekommen. Dabei erzählte sie mir von den Sitten und Gebräuchen ihrer indischen Wahlheimat, in der sie Jahrzehnte verbracht hatte, von besonderen gymnastischen Übungen, die ihr Gesundheit und Elastizität verliehen, und von übernatürlichen Kräften, die damit verbunden seien.

1943 sind wir evakuiert worden, und ich habe die »Hosenmadam« aus den Augen verloren. Doch je mehr sich der Krieg in die Länge zog, desto weniger kann sie aufgefallen sein; denn als sich die Niederlagen schließlich häuften, begannen in der Damenmode die Hosen ihren Siegeszug anzutreten. Wer damals als Frau aus den Bombenkellern nur das nackte Leben gerettet hatte, war oft froh, sich eine gut erhaltene Männerhose zurechtschneidern zu dürfen. Und wenn es auch nicht dem Zeitgeschmack entsprechen mochte, so war es doch wenigstens warm und zweckmäßig. Am Ende mußte wohl oder übel auch die Obrigkeit ein Auge zudrücken. Und als es nach dem Zusammenbruch wieder Damenkonfektion zu kaufen gab, war der Trümmertrend zwar wieder rückläufig, aber nur so lange, bis in den fünfziger Jahren eine ganze Generation weltweit begann, sich in uniforme amerikanische Arbeitshosen aus blauem Baumwollköper zu hüllen. Diese Entwicklung muß der kultivierten »Hosenmadam« arg zuwider gewesen sein. Spätestens zu diesem Zeitpunkt, so stelle ich mir vor, hat sie dann wohl für immer Reißaus genommen.

Und soviel weiß ich bestimmt, daß, wenn sie in ferner Zukunft je einmal wieder auftauchen sollte – sie glaubte ja an die Seelenwanderung –, dann ganz bestimmt nicht mehr in Hosen. Schließlich war sie immer eine Alternative gewesen.

Im Traum ist mir einmal aufgegangen, wie sie hundert Jahre nach ihrem ersten Auftreten erneut in Stuttgart erschien. Diesmal wurde sie als »Rockwunder« bestaunt (wobei man nicht an eine Musikform mit massenhysterischen Effekten, sondern an ein bis weit ins 20. Jahrhundert hinein noch gebräuchliches Relikt der weiblichen Mode zu denken hat). Auf der neuen Schnellbahntrasse aus Paris kommend, war sie vom Hauptbahnhof aus durch eine Allee von Plastikplatanen, auf die nur noch selten ein Sonnenstrahl fiel, die Königstraße hinaufpromeniert und dabei von Tausenden von Hosenträgern und -trägerinnen begafft worden. Schon nach dem ersten Schock war ihr klar geworden, daß ihres Bleibens hier nicht lange sein würde.

Einmal ist sie dabei auch nach Degerloch hinaufgefahren, nicht auf der Neuen Rennsteige mit ihren schrecklichen Ausdünstungen, sondern durch die Lieselottenröhre, in einem Stadtbahnwagen mit Spezialfilter. Gesehen hat sie dabei so gut wie nichts, denn alles vollzog sich im Untergrund. Auch durch die Gucklöcher, die man in Höhe der Wernhalde angebracht hatte, erblickte sie nur einen dichten Schleier aus Smog, hinter dem sie nicht zu Unrecht ein herrliches Stadtpanorama vermuten durfte.

Und als sie endlich oben auf den Fildern wieder ans Tageslicht kam, inmitten einer trostlosen Betonlandschaft, hat sie es nicht mehr länger ausgehalten, sondern ist gleich weitergefahren bis zum Flughafen nach Echterdingen und auf der neuen Superpiste, mit der man inzwischen die letzten Krautäcker von Plattenhardt zubetoniert hatte, auf Nimmerwiedersehen entfleucht mit Air India.

Doch genug von solch tristen Spekulationen. Tatsächlich habe ich seit über 50 Jahren von diesem liebenswerten Stuttgarter Original, der »Hosenmadam«, nichts mehr gehört oder gesehen. Vielleicht wissen Sie, was aus ihr geworden ist? Dann schreiben Sie doch bitte eine Postkarte an den Chronisten.

Kollegen

Einen größeren Gegensatz kann man sich kaum vorstellen als den zwischen unserem Prokuristen Heinrich Stengele, und dem neuen Buchhalter Fred Röder. Während der Alte seit fast fünf Jahrzehnten mit der Firma verwachsen ist, erklärt Röder unverblümt, er fühle sich mit dem Betrieb nicht verheiratet. Er tut auch wirklich nur das absolut Notwendige. Tüchtig ist er allein mit dem Mundwerk, pünktlich bloß beim Zusammenräumen des Schreibtischs, und richtig ins Zeug legt er sich höchstens, wenn es gilt, wieder eine Eroberung zu machen. Außerdem bildet er sich auf seinen Betriebswirt etwas zuviel ein. Den meisten geht er überhaupt mit dem ewigen Sprücheklopfen und seiner Wichtigtuerei zusehends auf die Nerven.

Der alte Stengele dagegen spricht wenig und strahlt eine echte Autorität aus. Wenn die Kollegen morgens erscheinen, sitzt er bereits im Büro, und nach Hause geht er erst, wenn die Maschinen längst zum Stillstand gekommen sind. Bei allen gilt er als ein Muster an Pflichterfüllung. Stets ist er hart gegen sich selbst, vielleicht sogar zu hart. Er nähert sich schon der Pensionsgrenze. Seit er als Stift in unsere Firma eingetreten ist, hat er – darauf ist er mächtig stolz – keinen einzigen Tag gefehlt. Seine »Wehwehchen« klagt er höchstens den Stammtischbrüdern im »Ochsen«. Zum Arzt geht er, falls überhaupt, nach Feierabend, und seine Krankheiten kuriert er am Wochenende aus oder im Urlaub. Alles hat vor ihm einen Heidenrespekt. Natürlich erlebt auch er Zeiten, in denen er sich elend fühlt, aber wir merken es in der Regel nur daran, daß er dann noch schweigsamer ist als sonst und gelegentlich sogar vergißt, seine Zigarre anzuzünden. Aber an seinem Nimbus läßt er nicht rütteln.

Stengele und Röder – das sind einfach zwei Welten. Neulich wurde es wieder besonders deutlich. Der Alte arbeitete eisern und verbissen an der Abschlußbilanz, obwohl ihm jeder ansah, wie miserabel er sich fühlen mußte. Ganz blaß sah er aus an diesem Morgen, und immer wieder wischte er sich den Schweiß von der Stirn. Im Saal war es stiller als sonst. Man nahm, so gut es ging, Rücksicht auf den Patienten. Bloß der Neue, mit den Gepflogenheiten des Vorgesetzten noch wenig vertraut, konnte es nicht lassen, seinen Senf dazuzugeben. Als er dem Chef einige Unterlagen brachte, gab er sich teilnahmsvoll und meinte dann: »Ganget Se doch amol zom Dokter, Herr Stengele, vielleicht schreibt der Se krank!«

Keiner kann sich vorstellen, daß dieser Klugscheißer bei uns alt wird. Auch während der Arbeitszeit hat er alles andere im Kopf, nur nicht das Geschäft. Mit seinen Gedanken – das bekommt jeder zu hören – ist er lieber beim Tennisspielen oder bei seinen vielen Amouren. Selbst bei uns in der Buchhaltung versteht er es immer wieder, sich zu verdrücken. Vor kurzem beobachtete ich ihn im Gang, wie er mit der kleinen Sekretärin schäkerte. Als er sich entdeckt sah, verabschiedete er sich rasch. »Ebbes mueß mr jo schließlich do!« rief er dem Mädchen noch nach. Dann verschwand er in der Toilette.

Rauch und Ruß

Es stimmt nicht ganz, daß man einst die Gefahren verkannte und sich erst heutzutage Gedanken über die Reinerhaltung der Atemluft macht. Schon im letzten Jahrhundert, als die Dampfmaschine ihren Siegeszug antrat, als Jahr für Jahr weitere Fabrikschornsteine hochgezogen und immer mehr Dampflokomotiven in Dienst gestellt wurden, forderte die Ärzteschaft Maßnahmen gegen die zu befürchtenden chronischen Rauchvergiftungen und wies auf mögliche Zusammenhänge zwischen dem übelriechenden Qualm und den häufiger werdenden Krebserkrankungen hin. Deshalb fehlte es auch nicht an Warnungen, die gefährlichen Anlagen allzu nahe bei den bestehenden Siedlungen zu errichten.

Als besonders lästig wurde es empfunden, wenn reine Wohngebiete betroffen waren, wie in der besonders fortschrittlichen Stadt Reutlingen, wo sich viele neue Industrien in unmittelbarer Nachbarschaft der früheren Stadtmauern ansiedelten und wo schließlich fünf verschiedene Bahnlinien zusammenkamen. Einer dieser Züge führte sogar mitten durch die Stadt. Es war die 1899 eröffnete Schmalspurbahn der Linie Reutlingen–Eningen, das »Büschelesbähnle« (so genannt nach den Reisigbüscheln, die einige arme Eninger Hausierer in Reutlingen als Anfeuerholz feilboten).

Dieses Zügle dampfte, mit höchstens drei Wagen bestückt, zischend und fauchend die Albstraße hinunter, bog dann am Burgplatz in die Gartenstraße ein und gelangte von dort geradewegs zum Hauptbahnhof.

Für die Anwohner bedeutete diese in kurzen Abständen verkehrende Dampfstraßenbahn eine arge Belästigung, weshalb auch der Betrieb noch vor dem Ersten Weltkrieg auf Elektrisch umgestellt wurde.

Um die Jahrhundertwende passierte es einmal, daß ein aufgeweckter Eninger Bub in der

Herbstvakanz mit dem Ähne (Großvater) zu seiner Gotte (Patentante) nach Kirchentellinsfurt reisen durfte, für beide damals keine alltägliche Angelegenheit. Die aufregende Fahrt mit dem »Büschelesbähnle« hatten sie bereits hinter sich. Nun standen sie auf dem Reutlinger Bahnhof und waren gerade dabei, einen Drittklaßwagen des Anschlußzuges zu besteigen, als dem Enkelsohn ein unbekanntes Wagenschild ins Auge fiel. »K. W. St. E.« war da zu lesen, eine Abkürzung für »Königlich-Württembergische Staats-Eisenbahn«.

»Du, Ähne«, wollte daraufhin der Kleine wissen, »was hoißt denn des – K. W. St. E.?«

Der Alte war damit auch überfragt, hätte es aber als unzumutbare Preisgabe seiner großväterlichen Autorität empfunden, sein Nichtwissen einzugestehen. Deshalb suchte er krampfhaft nach einer plausiblen Erklärung und begann herumzustottern:

»Des hoißt ... K. W. St. E ... des hoißt ...«

In diesem Augenblick stieß der nach Metzingen abfahrende Zug ein paar dicke, schwarzbraune Rauchwolken aus. Kurz darauf tat es ihm die Lokomotive der Gönninger Bahn gleich, und auch die bereitstehenden Züge nach Honau und Tübingen mischten kräftig mit. Und als dann endlich auch noch das »Büschelesbähnle« nicht zurückstehen wollte, sondern tüchtig mithalf, das ganze Bahnhofsgelände für einige Augenblicke in eine dunkle Wolke aus stinkendem Rauch zu hüllen, da kam dem Großvater plötzlich die Erleuchtung: »Woisch, Bua«, erklärte er, »K. W. St. E., des hoißt - Koi Wonder schdenkt Eninge.«

Tierischer Undank

»Taschengeld haben wir damals grundsätzlich keines bekommen«, wußte neulich Onkel Heinz zu berichten, »auch mein Freund Martin nicht, dessen Vater besser gestellt war. Wenn wir einmal ein Eis oder eine Schneckennudel haben wollten, mußten wir um die paar Pfennige dafür tagelang bei den Eltern betteln. Meistens vergeblich, denn meine Mutter verfügte nur über ein schmales Haushaltsgeld, und Martins Mama, die überall als ›Frau Oberregierungsrat‹ hofiert wurde, hielt unnötiges Geldausgeben ohnehin für eine Sünde. Trotzdem fanden wir beiden Achtjährigen immer wieder Mittel und Wege, um zu unseren Vergnügungen zu kommen.

Unsere Familie wohnte seinerzeit in der Kriegsbergstraße und die meines Spielkameraden ein paar Häuser weiter in der Seestraße. Von da aus war es nur ein Katzensprung zu dem einst so bekannten Stadtgarten. Nur die wenigsten Stuttgarter wissen heute noch, was es mit dessen Berühmtheit auf sich hatte. Auf einer Freilichtbühne mit 1500 Sitzplätzen gastierten zwischen den beiden Weltkriegen Künstler aus aller Welt, Revuegirls und Schlangenfrauen, Zauberer und Fakire, Löwenbändiger und Seiltänzer. Alle paar Wochen wechselte das Varietéprogramm, und jedesmal war eine neue Attraktion dabei, die uns schon für sich allein die 25 Pfennig Eintrittsgeld für die Nachmittagsvorstellung wert gewesen wäre. Wenn wir die nur gehabt hätten!

Aber verzichten wollten wir auch nicht. Wir kletterten deshalb mehr als einmal an einer abgelegenen Stelle des Parks über die eiserne Einfriedung und gelangten so als wahre Zaungäste in das Innere des Musentempelgartens. Wir waren uns des verbotenen Tuns durchaus bewußt, aber das erhöhte noch den Reiz des nicht ungefährlichen Spiels.

Manchmal verstanden wir die Witze des Conférenciers nicht so recht, oder die schräge Musik der Kapelle ödete uns an. Dann durchstreiften wir den ausgedehnten Park oder inspizierten die Nebengebäude des Sommertheaters. Einmal erschraken wir fürchterlich, als plötzlich drei Artisten mit schwarzer Hautfarbe in grellbunter Kostümierung auf uns zutraten. Sie gehörten offenbar zu der neuangekündigten Zirkuskünstlertruppe und wirkten auf uns furchterregend mit ihren wulstigen Lippen, die mit einer Spange noch künstlich geweitet waren. Aber ihre Augen lächelten freundlich, und als sie jedem von uns ein Rahmbonbon zusteckten, hatten wir alle Angst verloren.

Ganz ohne Pannen verliefen diese heimlichen Expeditionen allerdings nicht. Beim Überklettern des Zaunes riß mir einmal eines der kunstvoll geschmiedeten Staketenenden einen großen Dreiangel in die Hose, und bald darauf wurde Martins schöner Bleyle-Anzug übel zugerichtet. Bei mir daheim gab es dafür eine ernste Ermahnung sowie ein paar hinter die Ohren. Mein Schulkamerad dagegen brauchte keine Angst vor Hieben zu haben. Die ›Frau Oberregierungsrat‹ strafte dafür ihren unartigen Sohn wochenlang mit vorwurfsvollen Blicken, und die Behebung des Schadens mußte er aus der eigenen Sparbüchse bezahlen.

Ein andermal hatten wir beiden Lausbuben in Erfahrung gebracht, daß im Stuttgarter Tiergarten auf der Doggenburg Kindern gegen Ablieferung von zehn Pfund Roßkastanien freier Eintritt gewährt wurde. Diese Chance wollten wir uns natürlich nicht entgehen lassen – und das Glück war uns hold. Unter den Kastanienbäumen im Stadtgarten lagen in diesem Herbst 1934 unzählige braune Früchte.

Gleich am nächsten Nachmittag starteten wir eine Sammelaktion mit dem neuen, großen Henkelkorb von Martins Mutter. Er war im Nu gefüllt, und weil die Parktore seit Saisonende tagsüber offen standen, mußten wir nicht über den Zaun klettern, sondern konnten den Korb bequem hinaustragen. Erwartungsfroh machten wir uns auf den Weg; Martin trug den Krätten, und ich kickte noch ein paar Kastanien vor mir her. An der Gewerbehalle wechselten wir. Nun begann die Steigung. Bald mußten wir unsere Last zu zweit tragen. Je steiler der Herdweg wurde, desto schwerer kamen uns die zwanzig Pfund vor. In immer kürzeren Abständen sahen wir uns genötigt, eine Pause einzulegen. Mit lahmen Armen und hängender Zunge hatten wir nach über einer Stunde die Anhöhe erklommen und stürzten uns erst einmal auf den nächsten Wasserhahn.

Als wir dann unsere ›Kastanatzgen‹ abgeliefert und dafür an der Kasse eine Freikarte erhalten hatten, waren alle Anstrengungen vergessen. Erhobenen Hauptes schlenderten wir mit unserem leeren Weidenkorb durch den kleinen Stuttgarter Zoo. Auf nur 40 Ar war da in zahlreichen Gehegen und Käfigen eine bunte Auswahl von exotischen Vögeln, Reptilien und Raubkatzen versammelt. Auch eine Giraffe und zwei Zebras gab es zu bewundern. Eine Affenfamilie freute sich über mein mitgebrachtes Vesperbrot, während Martins Wegzehrung für den Elefanten gedacht war.

Bald sahen wir ihn auch, den grauen Dickhäuter. Als er uns zwei mit dem Korb erblickte, stampfte er erwartungsvoll auf uns zu. Da wir nicht wagten, dem Ungetüm das Brot mit der Hand zu reichen, ließen wir es im Korb liegen. Wir dachten, der Elefant würde den Leckerbissen brav mit dem Rüssel entnehmen. Doch der schlang sein langes Greiforgan um den Henkel des Korbs, in der Absicht, Behältnis samt Inhalt an sich zu reißen. Wir versuchten noch, das Unheil abzuwenden, und klammerten uns an den Marktkorb. Doch dann packte uns die Angst, plötzlich samt diesem im Gehege zu landen, und wir ließen los.

Der graue Koloß schaukelte den Marktkorb von Martins Mama mit seinem Rüssel einige Male spielerisch hin und her. Anstatt sich nun aber an dem Imbiß zu laben, ließ er das nützliche Stück mitsamt dem Vesperbrot auf den Boden fallen. Doch was tat er dann? Uns blieb fast das Herz stehen. Mit ein paar Tritten seiner wuchtigen Vorderbeine zertrampelte er den Korb völlig.

Die traurigen Überbleibsel sahen aus wie eine alte Bastmatte, durch die etwas Zwetschgenmus gequollen war. Wir hatten ja keine Dankbarkeit erwartet – aber das hatten wir nun wirklich nicht verdient!

Niedergeschlagen stiegen wir wieder hinab in den Talkessel. Martin stand der Schweiß auf der Stirn, und zwar diesmal vor lauter Bammel. Erst als ich mich bereiterklärte, seinen Eltern gegenüber die Schuld auf mich zu nehmen, sah er nicht mehr ganz so schwarz. Für ihn verlief die Sache dann auch einigermaßen gnädig, wohingegen auf mich das Donnerwetter von Martins aufgebrachter Mutter niederging.

Vorsichtshalber ließ ich mich dann einige Wochen nicht mehr bei meinem Freund blicken. In dieser Zeit hatte ich einmal sogar einen Angsttraum. Die Frau hatte Schadenersatz verlangt für ihren kaputten Korb, und weil meine Sparbüchse leer war, wurde ich in die Sklaverei verkauft. So erleichtert wie damals war ich noch nie aufgewacht.

Erst nach Weihnachten hielt ich die Untat für verjährt und traute mich, einmal wieder bei Martin zu klingeln. Ich wollte doch unbedingt mit seiner elektrischen Eisenbahn spielen.«

Eine seltsame Heilige

Hieronymus Ziefer war kein Kirchenlicht wie sein berühmter Namenspatron, sondern nur ein einfacher Bauernpfarrer im Heckengäu. Und weil er weder den Ehrgeiz noch die Gaben hatte, etwas anderes zu werden, wirkte er, als man das Jahr 1829 einläutete, schon fast vierzig Jahre in einem der armseligsten Nester des Schwarzwaldkreises im königlichen Oberamt Horb.

Seine Primiz hatte er in dem Jahr gefeiert, als in Frankreich die große Revolution begann. Damals herrschten am oberen Neckar noch gemächlichere Zeiten. Man war Österreich untertan und dem Bischof von Konstanz, und in der Kirche hatte es die ganzen Jahre hindurch keine Visitation gegeben. Als dann 1805 die neuen

Herren aus Württemberg das Regiment übernahmen, wehte zwar ein anderer Wind, doch auch sie beließen die Kirche im Dorf und den Hirten bei seinen Schäflein. Wenn sie auch ahnen mochten, daß nicht alles zum besten bestellt war, so wußten sie doch, daß man einen alten Baum nicht mehr verpflanzen darf und ihm auch keine neuen Früchte abgewinnen kann.

Nun gehörte Hieronymus Ziefer keineswegs zu den Weltbeglückungsaposteln, wie sie im Zeitalter der Aufklärung selbst in Kreisen der Geistlichkeit zu finden waren. Beileibe kein Freigeist, hatte er aber doch im Laufe von vier Jahrzehnten seine eigene Theologie entwickelt, so daß in seiner Gemeinde die Heiligenverehrung seltsame Früchte zeitigte und man die Feste nach eigener Fasson feierte.

Dem Pfarrer sagte man nach, er sei für alle Bresten (Gebrechen) gut, nur zum Predigen tauge er schlecht. Tatsächlich fehlte ihm manches, um ein würdiger Diener Gottes zu sein. In Latein war er nur mäßig bewandert, und im Griechischen haperte es noch mehr. Dafür galt er als erfahrener Landwirt, insbesondere als Experte in der Viehzucht, und bei Krankheiten in Haus oder Stall gab es im weiten Umkreis keinen besseren Arzt als diesen geistlichen Herrn.

Auch heutzutage soll es ja Christenmenschen geben, welche den eigentlichen Sinn der hohen kirchlichen Feiertage nicht mehr kennen. An Weihnachten heißt es »O du fröhliche Einkaufszeit«, Epiphanias wurde zum Tag, bis zu dem der Christbaum stehen bleiben muß, selbst wenn er bereits zum Besen geworden ist, am Fest des Auferstandenen suchen sie nur noch den Osterhasen, Himmelfahrt wird zum Vatertag degradiert, und um das Geheimnis von Pfingsten weiß man erst recht nichts mehr. Wie soll da der Heilige Geist wirken können?

Hieronymus Ziefer hegte zwar keine solch unheiligen Gedanken und hat wissentlich nie etwas verfälscht; weil er aber über seiner Tätigkeit als Wald- und Wiesendoktor immer mehr sein Brevier vergaß, auch sein Alter sich zunehmend bemerkbar machte, war er mit den Jahren ein immer erbärmlicherer Seelenhirt geworden. Gelegentlich verwechselte er sogar die Heiligen, so daß manches, was er predigte, sich einfach nicht mehr mit der Lehre der christkatholischen Kirche vertrug.

Von einer seiner letzten Predigten erzählt man sich im Heckengäu heute noch. Seine Feiertagspredigt am Erscheinungsfest des Jahres 1829 begann Hieronymus Ziefer mit den denkwürdigen Worten: »Heute, meine Lieben, feiern wir das Fest der heiligen Epiphanie, der Jungfrau und Märtyrerin. Sie war die Mutter der heiligen drei Könige, die da kamen, das Jesuskind anzubeten ...«

Kindersegen

Karl Arnold hat in seiner Firma von der Pike auf gedient. Nach seiner Lehre als Industriekaufmann ist er in der Exportabteilung rasch in eine verantwortungsvolle Position aufgerückt. Nie ist ihm etwas zuviel. Auch benutzt er jede Gelegenheit zur Weiterbildung. Insbesondere seine Fremdsprachenkenntnisse hat er im Lauf der Jahre so vervollkommnet, daß er heute fließend englisch und französisch spricht.

Aus diesem Grund schickt man ihn häufig auf Geschäftsreisen ins Ausland. Kurz: Er genießt das besondere Vertrauen der Betriebsleitung. Überall ist er beliebt, besonders Prokurist Eugen Dannenbauer hat an ihm einen Narren gefressen. Arnold ist ja auch furchtbar tüchtig, dabei höflich und bescheiden, immer fröhlich und mit einem hintersinnigen Humor gesegnet. Deshalb versuchte der Vorgesetzte auch schon mehrmals, ihn für den örtlichen Karnevalsverein zu gewinnen, wo Dannenbauer dem Elferrat präsidiert. Arnold hat bisher immer abgelehnt, aber sonst fühlen sich die beiden seit langem freundschaftlich verbunden.

Karls einzige Leidenschaft, die nicht in sein Persönlichkeitsbild zu passen scheint, ist der Fußball. Bei den Spielen des SSV sieht man ihn regelmäßig auf der Zuschauertribüne. Er fährt sogar immer mit, wenn sein Verein auswärts gastiert. Wegen eines wichtigen Meisterschaftsspiels konnte er nicht einmal an der Taufe seines Stammhalters teilnehmen.

Inzwischen ist Karl Arnold Vater einer stattlichen Kinderschar geworden. Im Geschäft verfolgt man auch sein Privatleben mit teilnehmendem Interesse, obwohl nicht einmal der Chef die Arnoldsche Familienpolitik ganz billigen kann. Der hat schon nicht recht verstehen können, daß die junge Frau gleich bei der Hochzeit ihren einträglichen Beruf aufgab. Wie selbstverständlich kam dann im Jahr darauf ein Bübchen zur Welt. Nach Ansicht des Abteilungsleiters hätte es damit nicht so pressiert, aber er ließ sich nichts anmerken, sondern stiftete sogar einen ansehnlichen Betrag für den fälligen Kinderwagen.

Im Jahr darauf wurde den Arnolds eine Tochter geboren. Man gratulierte ihnen zum »Pärle«. Der Traum von der Bilderbuchfamilie hatte sich in kürzester Zeit erfüllt. Doch schon wenige Monate später wurde die Optik getrübt: Neuer Nachwuchs kündigte sich an. Herr Dannenbauer hat dann die weitere Entwicklung mit wachsender Besorgnis beobachtet. Beim dritten Kind, wieder einem Mädchen, meinte er noch begütigend: »Das ist nicht so schlimm. Das kann jedem passieren.« Als aber Frau Arnold im darauffolgenden Herbst mit einer kleinen Eva niederkam, befand er: »Jetzt ist's aber genug!«

Tatsächlich haben Arnolds daraufhin zwei Jahre pausiert, aber dann war es wieder einmal soweit: Luise Arnold ging erneut schwanger. Es wurde ein strammer Bub. Voller Neugier warteten die Kollegen auf die Reaktion des Vorgesetzten. Diesmal beschwor er Arnold: »Jetzt hören Sie aber auf!«

Dem väterlichen Ratgeber hätte Karl Arnold den Gefallen schon gern getan, doch der Geist ist willig, aber das Fleisch ist schwach. So kam es, wie es kommen mußte. Im letzten Oktober war das sechste Kind da, noch ein Junge.

Was würde der Alte heute dazu sagen? Alles wartete gespannt. Doch der Chef hatte sich offenbar endlich mit der Tatsache abgefunden oder einfach resigniert. Jedenfalls erschien er ganz gefaßt, gab Arnold freundlich die Hand und sagte nur: »Herzlichen Glückwunsch!«

Und als kurz darauf einer den glücklichen sechsfachen Vater anfrotzelte, ob etwa das Siebente schon unterwegs sei, da meinte dieser sibyllinisch: »Man kann nie wissen, solange der Papst die Pille nicht erlaubt ...«

Seinen Sportskameraden aber hat er inzwischen anvertraut, jetzt stehe es unentschieden drei zu drei, und das sei für ihn als Fußballfan kein sehr befriedigendes Ergebnis.

Anrüchige Angelegenheiten

Volkstümliche Literatur ist oftmals derb, aber sie hat nichts zu tun mit den geschmacklosen Zurschaustellungen unserer Zeit. Mit manchen natürlichen menschlichen Verrichtungen beschäftigt sie sich jedoch nur allzu gerne. Deshalb will ich das Folgende erzählen, auch wenn meine Frau Marianne meint, es sei etwas anrüchig.

Zu den wichtigsten Utensilien meiner frühen Kindheit zählte das Häfele. Es war in mein »Stühle« eingelassen, den Kinderhochstuhl, und darauf saß ich oft stundenlang. Erstens war ich dort gut aufgehoben, und zweitens konnte man auf diese Weise Wäsche sparen. Wegwerfwindeln gab es damals nämlich noch nicht, ganz abgesehen davon, daß man sich die nicht hätte leisten können. So wurde viel Müll vermieden, und ich betätigte mich bereits im zartesten Kindesalter als Umweltschützer.

Tante Anna hieß mich manchmal einen kleinen Prinzen, und das »Stühle« war für sie immer mein Thron. Deshalb blieb ich meine ganze Schulzeit über der festen Überzeugung, daß auch die kunstvoll gearbeiteten, mit kostbaren Stoffen bezogenen und oft mit einem Baldachin versehenen fürstlichen Lehnsessel, die man in verschiedenen Schlössern bewundern konnte, mit Deckel, Loch und Auffanggefäß versehen sein mußten. Ich war mir ganz sicher, daß die allerhöchsten Herrschaften beim Regieren im allgemeinen und während der stundenlangen Empfänge im besonderen nebenher noch dringende Bedürfnisse befriedigten, was ja beim Lever, den im Schlafzimmer erteilten Morgenaudienzen regierender Fürsten, gelegentlich sogar wirklich vorgekommen sein soll.

Mama nannte die Tätigkeit, der ich mich da, auf dem Töpfchen sitzend, unterwarf, *ein Rolle machen*. Aber so gewählt drückten sich die wenigsten aus. Die Wengerter von Degerloch oder Hedelfingen sprachen ganz ordinär von *Brunzen* und die Hilfsarbeiter vom Bosch gar von *Seichen*. Wir Stuttgarter Oberschüler dagegen gingen in der Pause zum *Schiffen*. Diese Bezeichnung war, wie das Schwäbische Wörterbuch ausweist, mehr bei den gebildeten Ständen üblich. Deshalb hießen wir die Lehrerschaft in der Regel einfach unsere Schiffer.

Wer jetzt die Nase rümpft, dem sei gesagt, daß auch die Volkssprache Veränderungen unterliegt. Was heute etwas vulgär klingt, wirkte früher nicht anstößig. In einer Kirche im badischen Walldorf hängt dem Hörensagen nach ein Ölbild mit einer biblischen Darstellung. Es geht um die Opferung Isaaks. Gott wollte ja, wie im ersten Buch Mose berichtet, den absoluten Gehorsam von Abraham prüfen und hatte ihm deshalb befohlen, seinen einzigen Sohn zu töten, ihm im allerletzten Augenblick aber doch noch durch einen Engel Einhalt geboten. Auf dem betreffenden Gemälde schwingt Abraham jedoch kein Opfermesser, sondern schickt sich an, Isaak mit Hilfe eines Steinschloßgewehrs zu erschießen. Der Engel des Herrn tritt ebenfalls in Erscheinung, aber nicht, indem er ein Machtwort spricht, sondern dadurch, daß er das Vorhaben von Erzvater Abraham auf ganz menschliche Art und Weise zunichte macht – indem er nämlich einfach das Pulver näßt. Und als Bildunterschrift steht da zu lesen:

»Der Abram spannt den Hahn umsunst,
Ein Englein ihm ins Zündloch brunst.«

Noble Damen hatten seinerzeit im Nachtkästchen einen pot de chambre aus feinem Porzellan stehen. Der Volksmund machte daraus einen Potschamber, doch für den gewöhnlichen Schwaben war das, was einem zur Nachtzeit den mühseligen Gang auf den zugigen Abtritt ersparte, einfach der Hafen. Weil dieses Wort eine doppelte Bedeutung besitzt, ranken sich um selbige Gerätschaft die verschiedensten Histörchen:

Unzähligen Pennälergenerationen ist noch der ominöse, angeblich aus dem Bellum Gallicum, der Zwangslektüre für das Kleine Latinum, stammende Satz bekannt: »Caesar cum videbat portum plenum esse, iuxta navigabat.« Die deutsche Übersetzung dieses den Schülern wegen der typischen Verbindung eines Akkusativs mit einem Infinitiv oft eingebleuten Satzes lautete dann: »Als Caesar sah, daß der Hafen voll war, schiffte er daneben.«

Am Bodensee mit seinen zahlreichen Häfen ergaben sich ebenfalls gelegentlich solche Assoziationen. In Friedrichshafen, wo es zwei Bahnstationen gibt, eine im Zentrum, die andere unweit der Schiffsanlegestelle, pflegte der Schaffner nach der Ankunft eines Zuges auf dem Stadtbahnhof auszurufen: »Friedrichshafen! Wer auf de Hafe will, mueß sitze bleibe!«

Und in Lindau, so hatte man mir zuvor erzählt, sitze ein riesiger Löwe auf dem Hafen. Bald darauf sah ich ihn dann auch leibhaftig, als wir uns mit dem alten Raddampfer der Hafeneinfahrt näherten, gegenüber dem Leuchtturm auf seinem hohen Podest thronen und vermeinte gar, unter dem mächtigen Hinterteil des bayerischen Wappentiers ein Häfele hervorblitzen zu sehen.

An der Elbmündung, unmittelbar an der Einfahrt zum Nord-Ostsee-Kanal, existierten vor der Kommunalreform zwei selbständige Gemeinwesen, Brunsbüttel und Brunsbüttelkoog, die in den siebziger Jahren zu einer Großgemeinde vereinigt wurden. Dazu war damals auch eine neue Ortsbezeichnung gefragt. Was lag näher als dafür den Namen Brunshaven zu wählen? Die neugebildete Stadt besaß immerhin den zweitgrößten Hafen von Schleswig-Holstein.

Dieser Vorschlag stieß bei den verschiedenen Fraktionen auf fast einhellige Zustimmung. Nur ein älterer Ratsherr, der sich in den Dialekten auskannte und wußte, was man im deutschen Süden unter einem Brunzhafen verstand, sprach ernste Vorbehalte aus. Er klärte seine Kollegen auf, setzte ihnen auseinander, daß Millionen von Landsleuten jahrzehntelang über den geplanten Schildbürgerstreich hämisch lächeln würden, und bat das Gremium deshalb eindringlich, von dem Beschluß abzulassen. Seine Beschwörungen blieben dann auch nicht ohne Eindruck. Am Ende nahm man von einer Umbenennung Abstand und beließ es bei dem alten Namen Brunsbüttel.

Noch eine letzte Anekdote. An der Tübinger Mädchenrealschule, dem heutigen Wildermuth-Gymnasium, gab es in den dreißiger Jahren einen gefürchteten Mathematiklehrer. Er pflegte nämlich zu Beginn seiner Stunden jeweils drei Mädchen aufzurufen, die dann an der Wandtafel eine kleine, aber oft recht komplizierte Rechenaufgabe zu lösen hatten. Auch gleich in der ersten Stunde nach den Osterferien, es muß im Jahr 1935 gewesen sein, zeigte er kein Erbarmen. Seine Opfer an diesem Montagmorgen hießen Jutta Bruns, Gudrun Häfele und Martina Enz.

»An die Tafel!« kommandierte der gestrenge Schulmeister, zückte sein Zeugnisbüchle und rief dann in alphabetischer Reihenfolge auf: »Bruns – Enz – Häfele!«

Da waren die Mädchen nicht mehr zu halten. Aber erst als bei allen der Groschen gefallen war und die ganze Klasse in schallendes Gelächter ausbrach, ging auch dem Lehrer ein Seifensieder auf.

Der Urlaubsbart

Der Emil Brauchle aus der Kundendienstabteilung war ein ganz Genauer und ein Schwabe dazu.

Sein bescheidener Wohlstand kam nicht daher, daß er mehr verdiente als unsereiner, sondern daß er weniger ausgab. Bedeutend weniger. Nach Möglichkeit gar nichts.

Emils Freigebigkeit hielt sich folglich in engen Grenzen. Verschiedentlich war in seinem Büro angeregt worden, einem verdienten älteren Mitarbeiter anläßlich eines Jubiläums ein besonderes Geschenk zu überreichen. Brauchle war nie bereit gewesen, einen Beitrag zu leisten, sondern hatte jedesmal abgeblockt mit der in der Firma inzwischen sprichwörtlich gewordenen Behauptung: »Der erwarded nix!«

Von ihm bestimmt nicht. In der Tat hatte man von dem sonst so umgänglichen Kollegen auf diesem Gebiet nicht viel zu erwarten, nicht einmal Ottilie, seine Ehegattin. Indessen lebten die beiden ganz zufrieden miteinander, hauptsächlich wohl auch deshalb, weil Frau Brauchle als sparsame Hausfrau galt und an das Leben keinerlei Ansprüche stellte. Modische Extravaganzen hatte sie immer abgelehnt. Sie kleidete sich schlicht, aber solide, und behielt ihre Garderobe über Jahrzehnte, wie Emil übrigens auch. Was für andere als unmodern galt, hielten die beiden für zeitlos. Auch sonst lebte das merkwürdige Paar sehr mäßig, und das Taschengeld, das sie sich gegenseitig zubilligten, war nur deshalb etwas großzügiger bemessen, weil es am Monatsende fast ungeschmälert aufs Sparkonto wanderte.

Nicht in dieses Bild zu passen schien, daß sich Brauchles den Luxus eines Automobils leisteten. Sicherlich wäre es auch nie soweit gekommen, wenn nicht Emil noch vom Krieg her einen Führerschein besessen und später von seinem plötzlich verstorbenen Schwager, einem Handelsvertreter, einen fast neuen Kombi geerbt hätte. Nach langem Bedenken hatte er seinerzeit den Wagen behalten, weil ihm der Händler nur einen Spottpreis dafür bieten wollte und er selbst als Kriegsversehrter keine Kraftfahrzeugsteuer entrichten mußte. Seitdem stand also ein »Variant« in der selbstgezimmerten Garage. Im Winter wurde er nicht benutzt, im Sommer sehr geschont, besonders seit der Energiekrise, dazuhin bestens gepflegt, so daß das gute Stück dreiundzwanzig Jahre lang seinen Dienst versah. Emil gedachte sich davon auch nicht mehr zu trennen, zumal ihm sein Abteilungsleiter glaubhaft versichert hatte, daß sein Gefährt inzwischen zur Kategorie der Oldtimer gehöre und von Jahr zu Jahr eine Wertsteigerung zu erwarten sei.

Die meisten Kilometer kamen zusammen, wenn Emil Brauchle im August zur Kur nach Grafenbronn fuhr. Das tat er regelmäßig jedes Jahr, weil er wegen seiner Beinverletzung ein Anrecht darauf besaß. Ottilie blieb dann immer zu Hause, wegen des Gartens und auch, um den Kanarienvogel zu hüten. Diese alljährliche Badekur tat Emil stets sichtlich gut und hatte auch seiner Ehe nie geschadet, weil er pünktlich seine

Postkarten nach Hause schrieb und es überhaupt ernst nahm mit der Treue. Da war auf ihn Verlaß. Nicht etwa, daß es im Bad an Versuchungen gemangelt oder der Kollege keine Chancen mehr gehabt hätte, zumal er gut zu unterhalten verstand und für sein Alter noch recht passabel aussah. Aber er wußte auch, daß so eine Bekanntschaft einige Geldausgaben nach sich ziehen konnte.

Hier sprach er aus Erfahrung. Nur ein einziges Mal war er außer der Reihe im Kurhotel eingekehrt. Tatsächlich kostete dort eine kleine Tasse Kaffee soviel, wie Emil im Sonderangebot für eine ganze Flasche Weißwein bezahlte, die er Ottilie zum Namenstag verehrte.

Auch aus Bad Grafenbronn brachte ihr der liebende Gatte jedesmal etwas mit. Am vorletzten Tag seines Aufenthalts pflegte er am Brunnen vor dem Kurpark, wo das berühmte Heilwasser für jedermann gratis hervorsprudelt, zwanzig Halbliterflaschen mit altmodischem Bügelverschluß sorgfältig abzufüllen und wieder in der zugehörigen, ehrwürdigen Holzkiste zu verstauen. Auf diese Weise kam auch Ottilie alljährlich zu einer kostenlosen Trinkkur.

Einmal geschah etwas ganz Außergewöhnliches. Emil hatte neben der obligaten Kiste mit Mineralwasser noch etwas mitgebracht. In den vier Wochen der Trennung hatte er sich einen graumelierten Vollbart wachsen lassen. Ottilie tat erfreut, obwohl sie bis dahin nie einen diesbezüglichen Wunsch gehegt und ihr Gatte mit seiner Messerrasur bedeutend jünger gewirkt hatte. Auch waren ihr die Liebkosungen des bärtigen Mannes ungewohnt. Sie kam sich dabei vor, als ob sie nach sechsunddreißigjähriger Ehe zum erstenmal fremdgehen würde. Selbst ein Vierteljahr später, als sich der Bart erst in aller Pracht entfaltete, hatte sie sich mit seiner neuen Erscheinung noch nicht anfreunden können.

Ende November kam dann ihr Geburtstag. Sie hatte Emil schon lange darauf vorbereitet, daß sie zu diesem Anlaß etwas Besonderes erwarte, und er wußte auch, was es sein sollte: eine Pelzjacke. Keine aus Nerz oder Polarfuchs, sondern so eine, wie sie die Dame auf der Titelseite des Versandhauskatalogs trug, aus schwedischem Lamm. Die dort abgebildete Jacke kostete nur einen Wochenlohn, und schließlich war es ja zu ihrem Sechzigsten.

Und noch einen weiteren Wunsch wagte Ottilie schüchtern vorzubringen. Ob er nicht wieder den Bart abnehmen wolle? Sie könne sich einfach nicht daran gewöhnen.

Emil Brauchle machte sich die Entscheidung nicht leicht und wollte sich bei dieser Gelegenheit auch nicht ganz unzugänglich zeigen. Aber andererseits hatte er auch seine Grundsätze, und er wollte keinen Präzedenzfall schaffen, denn schließlich gab es von nun an alle fünf Jahre so einen runden Geburtstag. Außerdem gehörte es zu seinen Prinzipien, keinem Begehren aufs allererste Mal nachzugeben. Manche Wünsche erledigten sich erfahrungsgemäß von selbst, wenn man nur etwas Geduld aufbrachte. Und gleich zweimal sofort einzuwilligen, das widerstrebte ihm erst recht. Aber Emil war auch kein Unmensch. Ottilie wurde ja nur einmal sechzig, und er durfte doch die Gute nicht ganz enttäuschen. So entschloß sich Emil Brauchle, seiner Frau wenigstens einen der beiden Wünsche zu erfüllen.

Als er sich dazu durchgerungen hatte, fiel ihm die Wahl nicht mehr schwer. Er entschied sich für den billigeren.

Der Bombolesbaum

Unser Vater galt als ein sparsamer Mann und großer Sammler vor dem Herrn. Stets hielt er rechtzeitig Ausschau nach allem, was in Wald und Flur heranwuchs.

Bereits im Frühsommer wurde die ganze Familie aufgeboten, um den Jahresbedarf an Heilkräutern einzubringen. Diese ergaben später unseren gesunden Zwölf-Apostel-Tee, von dessen Bestandteilen mir heute nur noch Huflattich, Zinnkraut, Schafgarbe, Spitzwegerich und Gänsefingerkraut in Erinnerung geblieben sind.

In den großen Ferien sammelten wir aromatische Waldhimbeeren, Brombeeren und Heidelbeeren, die uns allen immer wunderbar mundeten, ob sie nun versaftet wurden oder als Kuchenbelag, Gsälz oder Kompott Verwendung fanden. Im Herbst ging es dann in die Pilze. Und weil die Eltern neben den einschlägigen Arten auch die Täublinge und Schopftintlinge, Parasolpilze und Morcheln kannten, reichte es jede Woche für ein schmackhaftes Gratisgericht.

Besonders berühmt aber waren unsere Produkte aus Hagebutten. Vater vergaß im Spätjahr nie, einen großen Glaskolben mit Hägenwein anzusetzen, wogegen Mutter das Mark der Früchte zu Marmelade verarbeitete und den Rückstand zu »Kernlestee«.

Die Natur lieferte uns jedoch nicht nur Kräuter, Beeren und Pilze, sondern sogar die Süßigkeiten. Angesichts der Vielseitigkeit und Findigkeit unseres Familienoberhaupts wunderte uns das nicht einmal. In der Biologie bewandert waren andere auch. Aber Vater – darauf waren wir besonders stolz – kannte sogar den Bombolesbaum. Von dieser seltenen Spezies gab es in der näheren und weiteren Umgebung nur drei Exemplare. Der nächste erhob sich auf der kleinen Anhöhe Richtung Reutlingen, ein alter, weitausladender Blätterriese. Leider stand er an einem vielbegangenen Weg, und deshalb blieb die Ausbeute entsprechend gering. Wir Kinder fanden, wenn wir einmal allein hingingen, höchstens ein Einwickelpapierle. Nur Vater hatte da mehr Glück. Morgens, auf dem Weg zur Arbeit, konnte er in der Regel wenigstens so viele Bonbons auflesen, daß jedes von uns Kleinen eines bekam. Die beiden anderen der uns bekannten Bombolesbäume lagen weiter entfernt, einer im Metzinger Wald, der andere auf der »Wanne« bei Pfullingen. Nur schade, daß auch deren Geheimnis nicht ganz verborgen blieb, denn wir ernteten auch dort selten mehr als eine Handvoll.

Gut entsinne ich mich noch an einen Pfingstmontag, als wir zum Nebelhöhlenfest wanderten. Frühmorgens schon zogen wir los, die Mädchen mit ihren Zöpfen im Dirndl, die Buben in Lederhosen. Ich selbst bin damals gerade in den Kindergarten gegangen. Aber auch mir wurde nichts geschenkt; nicht einmal ein Bombole gab es als Vorschuß.

Als sich nach etwa einer Stunde die erste Müdigkeit einstellte, trug mich Vater einige hundert Meter weit »Buckelranzen«. Dann setzte er mich wieder ab, begann aber gleichzeitig etwas Spannendes zu erzählen, so daß ich meine schmerzenden Füße ganz vergaß. Und als die Geschichte zu Ende war, sah man von weitem schon den Bombolesbaum.

Von da an marschierte ich sogar mit an der Spitze. Aber auf der letzten Etappe überholten uns die älteren Geschwister, und als wir hinkamen, hatten sie das Terrain bereits abgesammelt. Zum Glück entschied Vater, daß sie die Ernte mit uns teilen mußten, aber zu mehr als zwei Bonbons reichte es auch diesmal nicht. Wieder hatten andere den Baum zuvor gründlich abgeerntet. Einige Äste waren sogar – das empörte uns gewaltig – ganz abgerissen. Nur ganz oben im Wipfel des Wunderbaumes zeigte uns Vater – und wir vermeinten es dann auch genau zu sehen – noch einige der begehrten Früchte.

So wirklich nach Herzenslust schmausen konnten wir also nie. Nur einmal geschah das Wunder: Der Bombolesbaum in der Nähe unserer Wohnung hing übervoll mit Karamellen und Kremhütchen, Eisbonbons und Gummibärle, und auch auf dem Boden wimmelte es nur so von Bonbons in allen Farben und Geschmacksrichtungen, so daß wir mit vollen Händen zugreifen konnten. Vater holte dann unser Leiterwägele, und wir füllten drei Säcke voll, einen Vorrat für viele Monate. So glücklich wie damals war ich noch nie gewesen in meinem ganzen Kinderleben. Aber zu meinem großen Leidwesen wurde ich kurz darauf aus meinem Mittagsschlaf aufgeweckt, und das ganze blieb nichts weiter als ein süßer Traum.

Als wir dann in die Schule kamen und nicht mehr an den Klapperstorch und den Osterhasen glaubten, geriet auch unser Glaube an den Bombolesbaum ins Wanken. Aber Vater war klug genug, die Älteren rechtzeitig aufzuklären. Und für die blieb es Ehrensache, das Geheimnis zu wahren. Im Gegenteil – sie machten sich einen Spaß daraus, das Märchen weiterzuverbreiten. Sie halfen sogar mit und eilten bereitwillig voraus, wenn wir uns auf einem Ausflug einmal wieder einem Bombolesbaum näherten, um ein paar Leckereien auszustreuen. Aber den Magen verdorben hat sich nie eines dabei, weil immer nur eine Handvoll ausgelegt und dann nicht einmal alles davon wiedergefunden wurde.

Doch es kamen ja auch bessere Zeiten. Als Vater mehr verdiente und die Hypothek für das Haus abgetragen war, als die Kleinen sich von ihrem wöchentlichen Taschengeld zwei Lutscher auf einmal leisten konnten und die Großen sogar eine ganze Schokoladetafel, da hatten es alle leichter und einfacher.

Wir erlebten sogar noch den Tag, an dem Vater den Gesundheitstee in der Drogerie kaufte und Mutter die Bonbons pfundweise aus dem Supermarkt heimbrachte. Aber waren wir dadurch glücklicher geworden und zufriedener? Oder war es früher nicht doch schöner gewesen, als wir noch das einfache Leben kannten und uns noch an Kleinigkeiten freuen konnten, als wir uns noch so vieles versagen mußten und Wünsche nur erfüllt wurden im Roman oder in der Phantasie, wie damals in meinem unvergessenen Traum vom Bombolesbaum?

Familienausflug

Unser kleiner Martin hat sich schon seit frühester Kindheit für Fahrzeuge jeglicher Art begeistert. Wenn er auf dem Töpfchen saß, bewegte er sich mit seinen dünnen Beinchen behend auf dem gewachsten Parkett, wobei er ein imaginäres Steuerrad in Händen hielt, und wenn man ihn im Sportwagen ausführte, vergaß er nie, den »Motor« einzuschalten und ein entsprechendes Dauergeräusch von sich zu geben. Sobald er aber laufen konnte, verkörperte er nur noch Automobile. Brummend wie ein Diesellaster rannte er los, lenkte mit seinem Tennisring, und wenn es um eine Ecke ging, versäumte er nicht, mit dem richtigen Auge zu »blinken«.

Wir selbst besaßen zu dieser Zeit noch keinen eigenen Wagen. Um so schöner war dann das

Erlebnis für groß und klein, wenn wir einen Omnibusausflug unternehmen konnten oder wenn gar einmal ein guter Onkel zu einer Spazierfahrt einlud.

Als Martin dann einigermaßen gelernt hatte, seine Füße zu gebrauchen, nahmen wir auch unsere geliebten Sonntagswanderungen wieder auf. Eines Tages hatte die Ortsgruppe des Schwäbischen Albvereins einen reizvollen Tagesausflug in die für uns noch unbekannten Balinger Berge angekündigt. Da wir seit langem Mitglied waren, beschloß Vater spontan: »Am Sonndag fahre mr mit em Albverei auf de Loche!« (Gemeint war der knapp tausend Meter hohe Lochenstein, sechs Kilometer südlich von Balingen.)

Unser Kleiner, der sich auf die Ankündigung keinen rechten Vers machen konnte, aber schon immer jede Möglichkeit des Fahrens einer mühsameren Art der Fortbewegung vorgezogen hatte, erkundigte sich daraufhin vorsichtshalber: »Vadder, isch dr Albverei a Audo?«

Der Hausfriseur

Es muß auf dem Höhepunkt der Weltwirtschaftskrise gewesen sein, als auch in unserer Stadt Zehntausende keine Arbeit mehr fanden. Ich bin damals, zu Beginn der dreißiger Jahre, noch in den Kindergarten gegangen. Aber soviel ist mir deutlich in Erinnerung: Jedesmal, wenn ich mittags heimkam, saß eine von diesen bedauernswerten Gestalten auf der Haustreppe und löffelte einen Teller erbettelter Suppe aus. Auch verging kein Tag, an dem nicht einige von diesen Handwerksburschen, wie Mutter sie nannte, an der Tür klingelten, obwohl der Hausbesitzer am Hoftor ein Schild angebracht hatte, nach dem »Betteln und Hausieren verboten« sei. Aber sie kamen trotzdem, denn die Not war groß. Die meisten wären ja liebend gerne auch der untergeordnetsten Tätigkeit nachgegangen, wenn sie nur eine gefunden hätten. Und sie boten sich sogar an zum Schoren, Teppichklopfen, Holzspalten oder Vorfenstereinhängen. Aber wie oft fiel schon so eine Arbeit an? So gab man ihnen halt meist ein Gsälzbrot oder einen Fünfer, dankbar dafür, daß der Vater immer noch regelmäßig seine dreihundert Mark im Monat heimbrachte.

Eines Tages stand wieder einer vor der Glastür. So ein dunkler Typ, in dessen pomadisierten Haaren sich bereits die ersten Silberfäden zeigten. In einem blauen Anzug mit Nadelstreifen, der bei seinem Vorbesitzer einmal sehr elegant gewirkt haben mußte, stellte er sich vor: »Joseph Auerbach, Damenfriseurmeister.« Und in Münchner Dialekt, aber mit echt österreichischem Charme erkundigte er sich, ob er nicht der »gnädigen Frau« die Haare richten oder den »Bubi« – damit meinte er mich, der sich da halb neugierig, halb ängstlich am Rockzipfel der Mutter hielt – etwas verschönern dürfe.

Er durfte. Sogar meine Schwester erhielt gleich einen neuen Pagenschnitt. Am Ende waren beide Teile zufrieden, die Mutter mit ihrer

Lockenpracht und ihren sauberen Kindern und der Arbeitslose mit einem rasch verdienten Zweimarkstück. Und weil gerade Vesperzeit war, lud man den tüchtigen Friseur noch zu einer Tasse Malzkaffee. Dabei erzählte unser neuer Figaro von den noblen Herrschaften, die er in der bayerischen Metropole bedient hatte, von allerlei ehrenvollen Aufträgen, die er dort ausgeführt hatte, und manches spannende Abenteuer aus dem letzten Krieg. Wenn auch nicht alles davon wahr gewesen sein mochte, so verstand er es doch, interessant zu plaudern. Als dann unser Vater heimkehrte, ein strebsamer Obersekretär, aber von unserem Gast mit einer artigen Verbeugung als »Herr Direktor« tituliert, räumte Auerbach das Feld, jedoch nicht ohne die Zusage, wiederkommen zu dürfen.

Er kam dann regelmäßig. So oft wie damals sind meine Haare nie mehr geschnitten worden. Für die Behandlung von Mama lag eine Brennschere immer griffbereit neben dem Gasherd. Joseph Auerbach war nämlich rasch zu unserem Hausfriseur avanciert. Zuerst erschien er in vierzehntägigen Abständen. Weil aber Mutters Haupt auch zwischendurch eine Verschönerung guttat, hatte sie nichts dagegen, wenn der Haarkünstler jede Woche einmal nachfragte. Und weil sie sich immer großzügig zeigte und der Friseur neben einer Belohnung auch stets mit einem kleinen Imbiß rechnen konnte, nutzte dieser jede Chance. Und weil sein Kundenkreis offensichtlich klein, der Hunger jedoch immer gleich groß war, kam es gelegentlich auch vor, daß Joseph Auerbach einmal läutete, wenn es nichts zu frisieren gab. Mutter hat ihm dennoch nie die Tür gewiesen. Irgend etwas vom Mittagessen war immer übrig geblieben, ein Rest Sauerkraut, ein Teller Kutteln oder eine Portion Linsen mit Spätzle. Notfalls nahm Auerbach auch mit einer Schale Pfefferminztee und einem Butterbrot vorlieb.

Nach einem halben Jahr zählte er zur Familie. Sicherlich hat er in seinen anderen Häusern viel erzählt von der Frau Direktor Holm, wie sie seine Dienste schätzte und ihn regelmäßig zu Tisch bat. Meiner Mutter wurde es jedoch mit der Zeit fast zuviel. Zwar verbot ihr weiches Herz jede Unhöflichkeit, auch dann, wenn der Besucher einmal ganz ungeschickt kam, und das oft zweimal in der Woche, wobei er immer dieselben abenteuerlichen Geschichten zum besten gab. Hinzu kam, daß mein Vater die Besuche des Friseurs nicht gerne sah, auch wenn dieser es zumeist verstand, einer Begegnung mit dem »Herrn Direktor« auszuweichen. Kurz, dieses merkwürdige Verhältnis war mit der Zeit zu einer Belastung geworden, von welcher der eine Teil nichts ahnte, weil ihm der andere nicht wehtun wollte.

Die Lösung kam dann anders als gedacht. Eines Nachmittags schaute Mutter gerade zum Küchenfenster hinaus. »Jetzt kommt er scho wieder!« rief sie leicht verzweifelt, denn der Friseur hatte uns in dieser Woche bereits zweimal beehrt. »Heut mache mr net auf, Kender«, beschloß sie spontan. Und dabei blieb es. Joseph Auerbach läutete einmal kurz, nach einer halben Minute noch einmal länger und laut hörbar. Wir blieben standhaft und mucksmäuschenstill. Dann beobachteten wir hinter den Gardinen, wie sich der Besucher wieder entfernte. Er ging aber nicht nach Hause, sondern nur in die nahegelegenen öffentlichen Anlagen, wo er sich auf einer Bank niederließ und eine Zeitung entfaltete. Eine halbe Stunde später kehrte er zurück, um sein Glück nochmals zu versuchen, aber unsere Tür blieb ihm an diesem Tag verschlossen. Wir erwarteten ihn dann am nächsten Tag, aber er erschien nicht. Auch nicht am Samstag. Dafür kam in der folgenden Woche ein Brief:

»Werte Frau Holm!

Da ich am Donnerstag bei Ihnen mehrmals geläutet habe und mir niemand aufgemacht hat (obwohl sich der Vorhang heftig bewegte!), muß ich annehmen, daß mein Besuch nicht mehr angenehm ist. Ich komme nie wieder. Wünsche Ihnen aber trotzdem viel Glück in Ihrem Leben.

Ihr Joseph Auerbach, Damenfriseurmeister«

Da saßen wir nun mit unserem schlechten Gewissen, und weil der arme Teufel Charakter zeigte, hat es uns auch lange nicht losgelassen.

Aber ich kann doch noch einen versöhnlichen Schluß anfügen, ein Happy-End, wie man heute sagt. Drei Jahre später, als die Wirtschaftskrise überwunden war, traf unsere Mutter den ehemaligen Hausfriseur zufällig auf dem Schloßplatz. Er hatte seinen Groll vergessen, kam freudestrahlend auf sie zu und berichtete, daß er inzwischen in einem bekannten Salon in der Königstraße eine gute Stellung als Meister gefunden hatte. Der Mutter fiel ein Stein vom Herzen, weil Auerbach ihr nicht mehr böse war. Er hat sogar eine Einladung angenommen und kam noch einmal zum Kaffee, mit einem großen Blumenstrauß und in einem neuen Anzug. Mama hatte einen ihrer berühmten Rhabarberkuchen gebacken, wirkte gelöst und heiter, und sie sah ganz jung aus in ihrem geblümten Sommerkleid und den frischen Dauerwellen von der Konkurrenz.

Jubiläumssekt

Eigentlich hot mei Freind ond Kollege, der Karle, em letschde Herbscht sei Vierziger-Jubileum hehlinge feiere wölle, oder, wia mr auf hochdeitsch sagt, in aller Schdille. Aber no hot'r doch koi Rue ghet ond hot mi gfrogt, ob'r do net doch ebbes mache sott.

I glaub scho, hane gsagt, aber woisch was, des machet mr anders! Vor Weihnachte han i au so a Fescht, ond no goht des en oim, ond zsamme kenne mr ons onder Omständ sogar en teirere Sekt leischde.

No hemmr ons also drauf eigrichdet. Zerscht hane de Hämmerle vom Personalrat gfrogt, wiaviel Sache mr dozue braucht. Also, hot der gsagt, fuffzea Flasche Sekt rechn i, fuffzea Flasche Saft ond hondert Brezle. Aber wenn's nix koschdet, no brauchet Se doppelt soviel, weil no entwicklet dia Kollege en bsondere Durscht.

Afang Dezember hemmr also des Zeig bschdellt ond den Sekt eikauft. Dreißig Flasche Königshocker Sekt Burg Hunzingen, Riesling extra trocken. No hane d'Frau Neumaier, onser Sekredärin, gfrogt, ob sia net dia Brezle schdreiche dät, ond en dr letschde Woch bene au no zom Chef gange ond han den dazue eiglade, weil sich des oifach ghörd ond au, weil e han froge wölle, wann i mit dem Jubiläumsgeld rechne könn (so a Beck will schliaßlich bar zahlt werde). No hot der gsagt, ihm sei voma Jubileum nix bekannt. Du koscht au net älles wisse, hane denkt. Aber der Denger hot meine Personalakte gholt ond nochguckt. Ond wisset Se, was der no gsagt hot, ganz provozierend ond auf hochdeitsch: »Sie müssen sich um ein Jahr geirrt haben, Herr Kollege!«

Do bene no gschdande, aber mi hot's schier omghaue. Zom Glück hane a große Familie, ond dr Karle hot a Tiefkühltruhe. Aber sauer isch'r scho gwä, wian'r ghört hot, daß mr des Fescht om a Johr verschieba sott, ond vor ällem hot er Angscht ghett, daß der Sekt jetzt sauer werd.

Aber do han'n dröschde kenne ond han dia Gschicht verzehlt, wia i mein erschde Sekt dronke han, selbigsmol an Silveschder 1948. Domols hot me a Fabrikant eiglade, dem sei Dochter, so hend boide Mütter gmoind, guet zo mir paßt hätt. Bei dem Olaß hot der a Flasch Sekt schpendiert, Marke Kupferberg, no von vor'm Kriag. Der hätt vielleicht mei Zong a bißle lupfe solle. Mr hend also den Sekt ufgmacht, ganz vorsichdig, aber plötzlich hot's doch en Knall do, dem Ma hot's de Zwicker von dr Nas grisse ond em Plafo isch a Macke gwä. Mittlerweil isch der Saft auf dia Damaschddecke gschäumt, aber 's maischde hemmr no en dia Krischtallkelch rette könne. Wia mr agschdoßa ghett hend ond de erschte Schluck gnomme, hemmr älle ganz komisch guckt. Mr hend jo älle zom erschdemol en onserem Lebe Sekt tronke. Des Gsöff hot so komisch gschmeckt. Mr send ons no einig gwä, daß der Sekt nemme guet gwä isch ond hend en weggschüttet, ond aus der Sach mit dem Mädle isch au nix worde.

Worom e des älles verzehl? I will's glei sage. Zwei Johr später hane mein negschde Sekt kriagt – Matthäus Müller, Eltville –, ond no hane erscht gmerkt, daß Sekt emmer so schmeckt. Ond em Lauf dr Zeit hane me sogar an den neimodische Gschmack gwöhnt.

Dia dreißig Flasche send also en meim Keller no a Johr liege bliebe. Ond acht Tag vor dem Jubileum hend se's sogar zo Beriemtheit brocht. I weiß net, ob Se's au glese hend. 's Chemische Landesamt hot domols feschdgschdellt, daß do ebbes dren gwä isch, was bei dere milde Witterung gar net nei ghört hätt. Kosch do au no!

Zerscht hemmer denkt, mr dausched dia Flasche oifach om. Aber no hot mei Weib gsagt, womöglich erfährt mr noch einiger Zeit, daß der neie no viel mender isch. No hemmer oi Flasch versuecht. Also gschmeckt hemmr nix, groche au net, ond lebe demmr au no. No hemmr's glasse. Ond dia Entwicklung hot ons jo recht gebbe. Glykol isch bald danoch von der Gesellschaft für deutsche Sprache zum Wort des Jahres gekürt worde. Des bedeutet doch, dia Deitsche könnet sich a Lebe ohne den neie Zusatz gar nemme denke. Ond em übrige hemmr's no ghalte wia dia Winzer en Öschterreich. Was hend dia wohl mit dene viele Flasche gmacht, wo zrückgebbe worde send? Dia hend älle Meglichkeiten der

Entsorgung probiert, ond am End send se drufkomme, daß dia menschliche Leber emmer no de bescht Kläralag isch. Also kurz ond guet. Damit dia Kollege koine Bedenke kriagt hend, hemmr dia Flasche oifach ombäppt, also a neis Etikett drufkläbt. So isch aus dem Sekt Burg Hunzingen, Prüfnommer 08-2-84, ein Söhnlein vom Söhnlein worde, ein Adoptivsöhnlein, wemmr's genau bedenkt.

Notabene: Bei der Feier hemmr dia Gschicht dene Kollege doch no verzehlt. Manche hend tatsächlich älles glaubt ond gmoint, mr wöllet se vergifte. Aber 's schadet jo nix, wenn von dem teire Sekt no a paar Flasche übrig send.

Beim Essen und Schlafen

Der Ernst und seine Eva waren seit mehr als dreißig Jahren verheiratet. Sie hatten immer eine gute Ehe geführt. Vier Kinder hatten sie miteinander großgezogen. Das war mit viel Umtrieb und noch mehr Arbeit verbunden gewesen, hatte aber neben manchen Entbehrungen auch viel Freude gebracht. Inzwischen war es im Haus ruhig geworden. Die Jungen waren alle volljährig, schafften auswärts und ließen sich bei den Eltern nur selten blicken. Ernst und Eva lebten viel ihren Erinnerungen.

Nun war aber sie immer flink und wuselig gewesen, er dagegen stets ruhig und bedächtig. Sie litt etwas darunter, daß sie in ihrem Haus draußen im Grünen kaum eine Ansprache hatte, wogegen ihm der Betrieb im Geschäft mit den

Jahren fast zuviel wurde und er deshalb daheim um so mehr seine Ruhe suchte. Für sie war der erste Höhepunkt des Tages, wenn der Mann mittags zum Essen kam. Auch er freute sich jeden Tag darauf, war sie doch immer eine gute Köchin gewesen, so daß er nie auf den Gedanken gekommen wäre, in der Kantine zu bleiben. Darüber hinaus liebte Ernst nach wie vor die Zweisamkeit, auch wenn er darum wenig Worte machte.

Zu wenige manchmal, wie zum Beispiel an diesem Mittag im Spätherbst, als er wieder einmal die ganze Zeit über in seinen Teller starrte. Auch nach der Suppe schaute er kaum auf, sondern teilte seine ganze Aufmerksamkeit zwischen Spätzle, Kalbsbraten und Kartoffelsalat. Das war zwar schon lange so, aber diesmal konnte die Eva nicht umhin, ihn zu tadeln: »Du *ischd* emmer bloß beim Essa.«

Ernst ließ sich nichts anmerken, zumal er bisher keine Eheverfehlung darin gesehen hatte, beim Essen tüchtig zuzulangen. Im Gegenteil war er der Meinung gewesen, ihr damit, auch ohne Worte, sein größtes Lob ausgedrückt zu haben. Daß sie in dem Punkt offensichtlich doch ganz anders dachte, beschäftigte ihn dann recht lebhaft.

Abends kam er noch einsilbiger als gewöhnlich nach Hause, tat aber dem Nachtessen alle Ehre an. Doch schon bald nach neun legte er die Zeitung beiseite und machte sich ans Zubettgehen, denn er mußte um halb sechs wieder aus den Federn. Eva hörte mit ihrer Strickerei auf und richtete sich ebenfalls, denn sie läßt es sich bis heute nicht nehmen, ihm morgens das Frühstück zu bereiten.

Kurz darauf lagen die beiden friedlich im Bett, und schon drei Minuten später zeigten gleichmäßige Atemzüge, daß Eva selig eingeschlafen war. Ernst aber sinnierte noch lange, nicht nur über den zurückliegenden Tag, sondern auch darüber hinaus. Er dachte an frühere Zeiten, als sie abends noch munterer gewesen war, und das, was sich damals zwischen Zubettgehen und Einschlafen alles abgespielt hatte. Ja, wenn es nach ihm gegangen wäre! Er fühlte sich immer noch in der Lage, Bäume auszureißen (wenigstens bildete er sich das ein), während mit ihr um diese Stunde einfach nichts mehr anzufangen war.

Als sich Eva dann aber doch noch einmal rührte und auf die andere Seite drehte, wobei sie ihm ein verschlafenes »Gut Nacht, Ernst« zugähnte, da brummte dieser in einem Ton, der sowohl Vorwürfe als auch Resignation zum Ausdruck bringen konnte: »Du *schlofschd* emmer bloß beim Schlofa!«

Blauer Dunst

In unseren Büros herrscht seit einiger Zeit ein striktes Rauchverbot. Angefangen hatte es seinerzeit mit einem kleinen Aufstand einiger unduldsamer Nichtraucher und einer Petition an die Betriebsleitung, die sich dann tatsächlich von gewissen besorgniserregenden Statistiken beeindrucken ließ. Und nachdem die Herren in der oberen Etage grundsätzlich zugestimmt hatten, war die Sache gelaufen.

Seitdem ist vieles anders geworden. Vielleicht haben wir jetzt eine hygienischere Atmosphäre, aber sicherlich keine schöpferischere. Von unserem Oberingenieur Altmaier, einem Zigarilloliebhaber, der eigentlich jedes Jahr für eine kleine Erfindung gut war, konnte im vergangenen Jahr erstmals kein Patent angemeldet werden. Und auch unser Seniorchef, der ehrwürdige Kommerzienrat, ist nicht mehr der alte. Seitdem er glaubt, mit gutem Beispiel vorangehen zu müssen, und er deshalb auf seine liebgewordene Havanna verzichtet, hat er für uns als Symbolfigur unseres Weltunternehmens einiges eingebüßt. Genausogut hätte er sich seinen gepflegten weißen Knebelbart abnehmen lassen können.

Aber das Rauchverbot soll ja im Interesse unser aller Gesundheit verfügt worden sein, wie die Geschäftsleitung sagt. Und für die Tabakmuffel ist es sicher angenehmer so. Für die anderen aber, die bis dahin gewohnt waren, sich ab und zu eine Zigarette anzuzünden und sich damit ihre Spannkraft bis zum Feierabend erhalten haben, ist es eine arge Plage, der sie nur in der Frühstücks- und Mittagspause abhelfen können.

Nun sitzen unter unseren Kollegen auch ein paar Kettenraucher, die, wenn es noch gestattet wäre, im Verlauf eines Morgens gut und gerne ein Päckchen Gauloises oder Roth-Händle verpaffen würden und die einfach keine zwei Stunden »nüchtern« bleiben können. Bei denen scheint seit Erlaß des Rauchverbots die Verdauung in Unordnung gekommen zu sein, denn sie müssen jetzt in merkwürdiger Regelmäßigkeit ein gewisses Örtchen aufsuchen, woselbst sie sich verdächtig lange aufzuhalten pflegen. Empfindliche Nasen konstatieren dort seither statt der bis dahin vorherrschenden Duftnote einen anderen verräterischen Geruch.

In der Reklamationsabteilung sitzt auch so einer, der dem Glimmstengel verfallen ist, unser Hermann Kauderer. Dummerweise wird er als Sachbearbeiter oft gerade dann verlangt, wenn er im Raum Null-Null damit beschäftigt ist, sein inneres Gleichgewicht wiederherzustellen. Dem Abteilungsleiter Weber fällt dann die undankbare Aufgabe zu, den jeweiligen Besucher hinzuhalten oder einen Rückruf anzubieten.

Wie gerade an diesem Vormittag. Als das Telefon klingelte und Hermann verlangt wurde, war dieser schon seit zwei Minuten draußen. Er mußte also bald zurück sein.

»Wollen Sie einen Moment warten?« fragte Weber.

Der Anrufer wollte. Aber Hermann erschien nicht. Mehr als fünf Minuten hatte es doch noch nie gedauert! Es wurde schon peinlich!

»Noch einen Augenblick, bitte!«

Aber für Hermann handelte es sich offensichtlich um einen der Augenblicke, von dem schon Faust sagte: Verweile doch, du bist so schön!

Er wollte und wollte nicht kommen. Weber mußte den Mann nochmals vertrösten.

»Noch eine kleine Sekunde!«

Doch der Anrufer war nun offenkundig mit seiner Geduld am Ende, denn aus dem Telefonhörer zischte es, für den ganzen Saal vernehmbar: »Sie meinen wohl eine Sekunde à sechzig Minuten?!« Dann knallte er den Hörer auf die Gabel.

Die Versteigerung

Papa strahlte. Da stand das gute, ehrwürdige Stück, neu aufgebeizt, und niemand sah ihm an, daß es fast ein Jahrhundert auf dem Buckel hatte. Die Jungen hatten es wieder schön hergerichtet und in ihre gute Stube gestellt, nachdem es eine Generation lang in den Speisekeller der Großmutter verbannt gewesen war und nach deren Tod sogar auf dem Sperrmüll landen sollte.

Der Betrachter entsann sich, wie er das Möbel anno 1940 aus dem Nachlaß der Frau Geheimrat in der Senefelderstraße erstanden hatte. Die Wirtschafterin, ein betagtes Fräulein, das hier ein Leben lang im Dienst gestanden hatte, berichtete ihm dabei, wie das Regal einst ins Haus gekommen war. Für dreiundzwanzig Goldmark, so erinnerte sie sich noch, hatte es der Schreinermeister Kächele am Feuersee kurz nach der Jahrhundertwende gefertigt, solide und massiv, wie man es damals gewohnt war, mit fünf verstellbaren Fächern und einem kunstvoll geschwungenen Sockel, der an den damals neu aufgekommenen Jugendstil erinnerte. In dem schmucken Bücherständer fanden dann die zwanzig Bände von Meyers Konversationslexikon ihren Platz, auch die Oktavausgabe von Schillers »Sämmtlichen« Werken, 1867 von Cotta herausgegeben, und den übrigen Raum nahmen viele hundert Zweigroschenhefte von Reclams Universalbibliothek ein.

Fünfundvierzig Jahre stand das Möbel fortan in der Ecke des Herrenzimmers, hatte den Geheimrat überdauert, der am Ende des ersten großen Krieges ein Opfer der schlimmen Grippeepidemie geworden war, und nun auch noch dessen Witwe.

An diesem Oktobernachmittag kam die gesamte Wohnungseinrichtung unter den Hammer, und für die treue Hausgehilfin brach eine Welt zusammen. Ganz verhärmt stand sie dabei. Jedermann sah, wie ihr ums Herz war und wie sehr sie für jeden einzelnen Gegenstand wünschte, daß er doch wieder einen guten Herrn finden möge.

Über diesen Gedanken geriet der gewöhnlich eher schweigsame Vater ins Erzählen: »Ihr wißt ja«, begann er, »ich war immer ein großer Büchernarr. Mein Wandbord quoll schon über, als ich in die höhere Schule kam; aber der Wunsch, ein eigenes Bücherregal zu besitzen, blieb lange ein Traum und wäre damals wohl auch nie in Erfüllung gegangen, wenn mich nicht mein Onkel Ernst eines Tages auf den Gedanken gebracht hätte, so ein Ding ohne große Kosten auf einer Auktion zu erwerben. Von da an studierte ich monatelang die Kleinanzeigen in der Zeitung. Endlich – es war im zweiten Kriegsjahr in der Herbstvakanz; ich war gerade vierzehn geworden und hatte zum Geburtstag fünf Mark bekommen – las ich im Tagblatt von einer Nachlaßversteigerung in der Senefelderstraße. Unter den vielen ausgeschriebenen Sachen war auch ein Regal aufgeführt. Vier Mark sollte es kosten; etwa siebeneinhalb besaß ich insgesamt. Also nichts wie hin! An dem angegebenen Tag engagierte ich meinen Freund Mischa, dessen Familie ein Leiterwägele ihr eigen nannte, und damit zogen wir dann von Degerloch die Alte Weinsteige hinunter in den Stuttgarter Westen.

Die Versteigerung war bereits im Gang, als wir endlich ans Ziel kamen, aber das begehrte Stück war noch zu haben. Es dauerte sogar eine geraume Stunde, bis der Auktionator ›mein‹ Regal ausrief.

Doch zu meinem Leidwesen war da noch einer scharf darauf, ein gestandener Mann im grauen Arbeitsmantel und bestimmt kein Anfänger wie ich. Es nützte mir nichts, daß ich mich als erster bereit erklärte, die genannten vier Mark zu entrichten. Der andere bot sofort fünf, und ich sah mich genötigt, auf sechs Mark zu erhöhen. Allmählich wurde es spannend und für mich zugleich beängstigend, begann sich doch das Ende meiner finanziellen Möglichkeiten abzuzeichnen. Glücklicherweise war jedoch auch mein Rivale nicht gesonnen, das scharfe Tempo mitzuhalten. Er ging nur auf sechs Mark fünfzig und ermöglichte mir dadurch, noch einmal mitzubieten.

›Sieben Mark‹, rief ich und blickte hilfesuchend in die Runde, denn eine weitere Mark vermochte ich ja nicht mehr aufzubringen.

Doch mein Konkurrent nahm seine Chance unbarmherzig wahr und steigerte weiter. Nun stand der Preis bei sieben Mark fünfzig. Meine Sache schien verloren.

Vergebens kramte ich in meinem Geldbeutel. Die Inventur erbrachte nicht viel: ein Fünfmarkstück, zwei einzelne Mark, einen Fünfziger, zwei Zehner und noch ein paar Rote. Sieben Mark dreiundsiebzig insgesamt. ›Sieben Mark fünfzig zum ersten‹, rief gerade der amtlich bestellte Versteigerer und hob seinen Hammer, ›zum zweiten und ...‹

Ich hatte die Bestandsaufnahme unterdessen beendet und schrie verzweifelt: ›Sieben Mark siebzig!‹

Erneut vernahm man die Litanei des Auktionators: ›Sieben Mark siebzig sind geboten, sieben Mark siebzig zum ersten ...‹

Ich weiß nicht, was in meinem Gegenüber vor sich ging. Vielleicht hatte er tatsächlich ein wenig Mitleid bekommen mit dem kleinen Konfirmanden, der da so eifrig mithielt; vielleicht war es ihm auch einfach zu dumm, für dieses Holzgestell ohne Hinterwand das Doppelte der ursprünglich veranschlagten Summe auszugeben.

Jedenfalls – ich konnte es kaum glauben – räumte er schließlich das Feld.

›... Sieben Mark siebzig zum zweiten ...‹ – man hörte, wie mir der Zuschlag erteilt wurde – ›... und zum dritten!‹

Ich zählte die Münzen hin und konnte dabei noch nicht fassen, daß die Schlacht um das so heiß umkämpfte Möbelstück gewonnen war.

Ach ja, der alten Frau hatte ich noch in die Hand versprechen müssen, es auch in Ehren zu halten. Als ich das aufrichtigen Herzens tat, bekam ich noch zwei Bändchen der Cottaschen Schillerausgabe gratis dazu. Ich dankte für diese willkommene Verstärkung meiner Bibliothek. Dann banden wir meine Neuerwerbung auf unser Leiterwägele und zogen wieder Richtung Heimat, die ganze steile Weinsteige hinauf. Mischa half abwechselnd schieben und ziehen. Dafür erhielt er hinterher von meiner Mutter ein Gsälzbrot und zu Hause eine Rüge wegen der schwarzen Karrensalbe an den schönen Knickerbockern.

Ich aber war nun stolzer Regalbesitzer. Allzu lange konnte ich mich übrigens nicht daran erfreuen, weil ich schon 1943 eingezogen wurde und die Engländer ein Jahr darauf unsere Wohnung in Degerloch zerstörten. Gott sei Dank wurde mein Besitztum samt dem Bücherschatz gerettet. Doch als wir 1950 wieder eine eigene Behausung fanden, meinten meine Eltern, das alte Regal passe nicht mehr in die neue Wohnlandschaft. So wanderte es in den Keller, und ich bekam jedes Mal, wenn es mir dort in die Augen fiel, ein ungutes Gefühl.«

Vater betrachtete das restaurierte Möbel erneut wohlgefällig und fuhr fort: »Aber ab heute muß ich ja kein schlechtes Gewissen mehr haben. Deshalb kriegt ihr das nächste Mal auch noch die beiden Schillerbände dazu. Und die allein sind inzwischen mehr wert als ein fabrikneues Regal.«

Beichte

So mancher schleppt heutzutage allzu lange viel zu viel mit sich herum und wundert sich dann, wenn er eines Tages zusammenbricht. Der moderne, aufgeklärte Mensch weiß eben nichts mehr von der befreienden Wirkung, die überall dort spürbar wird, wo einer demütig seine Schuld bekennt und sich die Gnade der Vergebung zusprechen läßt. Die meisten nehmen ja den Glauben ihrer Väter nicht mehr ernst und zählen höchstens zu den Namenschristen. So darf bei den vieren, von denen hier die Rede ist, ebenfalls füglich bezweifelt werden, ob sie noch rechte katholische Vorbilder darstellen.

Da traf sich einst im »Martinshof« von Rottenburg eine frühere Schulklasse zu ihrer Vierzigerfeier. An einem kleinen Tischchen im hinteren Teil des Nebenzimmers hockten ein paar, die einmal eine unzertrennliche Clique gebildet und nun nach mehr als zwanzig Jahren zum ersten Mal wieder zusammengefunden hatten. Es ging hoch her an diesem Abend. Der Wein löste die Zungen, und jeder wußte etwas Amüsantes beizutragen. Sogar der sonst so stille Joseph ging aus sich heraus und erzählte einen Witz, den die Frauen nicht hätten hören dürfen. Er merkte selbst, wie er dabei rot wurde, und den anderen war es auch sofort aufgefallen.

»Joseph, des muescht aber beichte!« ermahnte ihn daraufhin sein ehemaliger Nebensitzer, und es blieb offen, ob die Bemerkung ernst gemeint war. Jedenfalls entspann sich ein Gespräch über die Beichtpraxis des lustigen Quartetts.

Der erste, ein wohlhabender Kaufmann, den es nach Hamburg verschlagen hatte, war nach allem, was er an diesem Abend zum besten gegeben hatte, viel zu beschäftigt, um sich einer falschen Lebensführung bewußt zu werden. Er bekannte auch offen, seine Bindungen an die Kirche schon lange gelöst zu haben und seit seiner Firmung nicht mehr bei der Beichte gewesen zu sein.

Er sei bestimmt kein Engel, meinte sein Tischnachbar, aber für so gut wie die übrigen halte er sich noch lange, auch wenn er, das müsse er zugeben, nicht wie ein Mönch lebe. Deshalb gehe er ja auch einmal im Jahr zur Beichte. Aber er mache es kurz. Er bekenne immer: »Ich habe gesündigt in Gedanken, Worten und Werken.« Dabei lasse er es bewenden. Und sein Beichtvater akzeptiere das. Im übrigen wisse der genau, daß er andernfalls gar nicht mehr im Beichtstuhl erscheine.

Der Joseph konnte über die beiden nur den Kopf schütteln. Er war wohl der einzige von den vier Kameraden, dem man noch einen frommen Lebenswandel bescheinigen konnte und für den ein Schuldbekenntnis mehr als eine lästige Pflichtübung darstellte. Eine Generalbeichte bedeute für ihn, so gestand er – und die drei anderen vernahmen es mit ungläubigem Staunen – noch immer eine echte Gewissenserleichterung und eine erneute Hinführung zum Herrgott. Allerdings widerstrebe es ihm, so fuhr er fort, seine unheiligen Gedanken und andere menschliche Verfehlungen vor seinem Gemeindepfarrer auszusprechen. Deshalb beichte er am liebsten bei den Franziskanern im Weggental, wo ihn keiner kenne.

Das war das Stichwort für den letzten der Tischrunde. Er kenne da noch eine bessere Möglichkeit, wußte dieser. Seit kurzem fahre er zur Beichte immer in den Nachbarort, nach Zehfingen. Dort amtiere ein milder, alter Geistlicher. Der sei kein Eiferer, wie sein eigener Ortspfarrer, sondern ein ganz Versöhnlicher.

Dann begann er, von den Vorzügen dieses geistlichen Herrn zu schwärmen. Doch die hervorragendste Eigenschaft des patenten Zehfinger Beichtvaters nannte er erst ganz am Ende. Fast triumphierend schloß er seinen Bericht: »... Ond er hört nemme guet!«

Das Dienstzeugnis

Man legte damals noch andere Maßstäbe an. Ein »Befriedigend« wurde nur für eine überdurchschnittliche Leistung erteilt, und mit der Note »genügend« konnte man noch getrost studieren gehen. In unserem Land war man sogar besonders streng. Die Schulzensuren reichten von 1 (ganz ungenügend) bis 8 (vorzüglich), wobei schon eine 6 vor dem Komma eine beachtliche Auszeichnung darstellte, die nur selten vergeben wurde.

Auch sonst lagen die Anforderungen recht hoch. Bei den Staatsprüfungen für ein Lehramt gab es die »Klassen« Ia bis IIIb, aber ein Ia galt als nie erteilte Traumnote, und auch ein Ib-Mann wurde nicht jedes Jahr geboren. Im allgemeinen kam der Beste eines Kurses gerade noch auf IIa. Ein paar besonders Begabte und Eifrige erreichten IIb, was später immer noch als Qualifikation für eine Rektorenstelle galt, und die große Masse verteilte sich auf die »Klassen« IIIa (ziemlich gut) und IIIb (zureichend). Aber auch das waren noch durchweg tüchtige Leute, denn wenn einer in so wenig verwandten Disziplinen wie Deutsch und Rechnen, Zeichnen und Religion mindestens eine zureichende Note bekommen hatte, dann verdiente schon allein das allen Respekt. Weil aber die Befähigung als Kantor und Organist in die Lehrbefugnis eingeschlossen war, mußten sich die Lehramtskandidaten auch noch in Gesang und Harmonielehre, im Orgel- und Violinspielen prüfen lassen. Überhaupt harrten ihrer auf den Dörfern mit ihren Einklassenschulen die mannigfaltigsten Aufgaben. Neben dem Schultheißen war der Lehrer oft der einzige Repräsentant der Obrigkeit, und einen Versager in dieser Stellung konnte sich der Staat einfach nicht leisten.

Im übrigen gab man sich noch bescheiden. Die Besoldung war sehr mäßig. Man diente, ohne große Forderungen zu stellen. Eine Titelinflation hatte noch nicht stattgefunden. Aber solange der höchste Beamte in der Verwaltung nur den Rang eines Ministerialrats einnahm, war es auch keine Schande, wenn die Schulmeister als einfache Hauptlehrer pensioniert wurden. Trotzdem war ihre Dienstauffassung noch eine andere, nicht nur, weil die Schulaufsicht strenger gehandhabt wurde, sondern weil sich noch mehr Erzieher von einem Höheren in die Pflicht genommen wußten.

Nicht etwa, daß man sich dem Modernen gegenüber verschlossen hätte, aber man behielt auch offene Augen für das Gute im Alten. Zudem war man noch dem Königlich-Württembergischen Evangelischen Konsistorium unterstellt, und deshalb existierten sogar Werte, die nicht in Frage gestellt werden konnten. Und es gab weder Laien noch Experten, die sich klüger dünkten als der liebe Gott, dafür aber mehr weise Leute, sogar im einfachen Stande, die davor warnten, unvergorenen Wein zu trinken, weil sie wußten, wieviel man damit verderben kann.

Mein Großvater, der Schullehrer Christian Mutschler, wurde in diese Zeit hineingeboren. Im Jahr 1887 hatte er die zweite Dienstprüfung bestanden und war »zur Versehung von Schuldiensten für befähigt erklärt« worden. Mit IIIa hatte ihm die königliche Prüfungskommission eine gute Durchschnittsleistung bescheinigt und ihm daraufhin die Lehrerstelle in Unteriflingen im Schwarzwald übertragen. Dort ist er auch bald darauf in den Ehestand getreten, mit einer gescheiten und schaffigen, aber frommen und bescheidenen Weingärtnerstochter aus Degerloch, die ihm innerhalb von zwölf Jahren sieben Kinder schenkte und ein Leben lang die Seele des Schulhauses blieb.

Seit der Jahrhundertwende lehrte Christian Mutschler in Balzholz, einem kleinen Dorf am Fuß des Hohenneuffen. Er näherte sich nun bereits den Vierzigern. Stets dunkel gekleidet, galt er mit seinem schwarzen Vollbart bei jung und alt als Respektsperson und wuchs, da die Gemeinde keinen Pfarrer besaß und der Schultes wenig Format zeigte, immer mehr in die Rolle des Ortspatriarchen hinein. Von Anfang an strahlte er eine echte Autorität aus und ist mit den Jahren seinen vielen Aufgaben immer besser gerecht geworden. Er stand in dem Ruf eines erfahrenen Pädagogen, der seine Schüler anzuspornen und gleichzeitig in Zaum zu halten wußte, ohne daß er der Zuchtrute bedurfte. Im weiten Umkreis gab es keinen besseren Praktiker, weil er sich nicht einem starren Schema verpflichtet fühlte, sondern seinen Unterricht den täglichen Erfordernissen, den örtlichen Gegebenheiten und den erzieherischen Notwendigkeiten anpaßte.

Doch im Grunde blieb sein Lehrstil konservativ. Neuen Theorien gegenüber verhielt sich Mutschler abwartend und zurückhaltend. Aber seine Erfolge schienen ihm recht zu geben, und daß er mit allem im gebotenen Rahmen blieb, dafür sorgten schon die häufigen Kontrollen der zuständigen Schulbehörde.

Die gab es regelmäßig alle zwei Jahre, und so eine »Visitation« dauerte immer einen ganzen Tag. Dem Nürtinger Schulrat entging dabei so gut wie nichts, weder ein leeres Tintenfaß noch ein ungespitzter Griffel, ein ungewaschener Hals oder ein fehlendes Taschentuch. Er durchschaute alle gespielten Aktivitäten seiner Untergebenen, registrierte die kleinste Unbotmäßigkeit der Schüler und besaß einen sicheren Blick für alle Unzulänglichkeiten. Am Ende einer solchen siebenstündigen Hauptprüfung wußte er bestens Bescheid über die methodischen und didaktischen Fähigkeiten einer Lehrkraft und deren Eigenheiten, aber auch über die mündlichen und schriftlichen Leistungen der verschiedenen Altersgruppen in den wichtigsten Fächern.

Die Prüfungsbescheide, welche der Bezirksschulinspektor dem Balzholzer Lehrer zustellen ließ, liegen für zwei Jahrzehnte lückenlos vor. Sie zeugen von dem steten Bemühen beider Seiten, einander gerecht zu werden, dem großen Verständnis, das der Schulaufsichtsbeamte dem zu prüfenden Lehrer mit seinem völlig andersgearteten Naturell entgegenbrachte, und dem Respekt, den er der Arbeit zollte, die da im stillen vollbracht wurde. In den Berichten der ersten Zeit ist noch der eine oder andere Tadel enthalten. So rügte der Prüfer im Jahr 1908 den »leiernden Vortrag« der Schüler beim Lesen und Hersagen, ja sogar »einen unerträglichen Ton bei dem Eingangsgebet und Vaterunser«, aber später findet sich höchstens noch gelegentlich eine wohlgemeinte Anregung, die Satzzeichen besser zu beachten oder der schriftlichen Darstellung von Rechenaufgaben ein besonderes Augenmerk zu schenken. Die Beurteilungen der letzten Jahre runden sich immer mehr zu dem wohltuenden Bild einer heilen patriarchalischen Schulwelt, in der es für den Lehrer keine pädagogischen Probleme mehr zu geben schien.

Dennoch hörten diese Überprüfungen auch bei pflichtbewußten Erziehern nicht auf, aber für Christian Mutschler hatten sie ihren Schrecken verloren. Als nach dem Weltkrieg die turnusmäßigen Visitationen wieder aufgenommen wurden und der Schulrat im Winter 1919/20 mit dem Pferdeschlitten in Balzholz vorfuhr, da war nichts mehr von den Aufregungen früherer Jahre zu spüren. Die beiden Herren begrüßten sich herzlich wie zwei alte Bekannte. Mutschler, der damals schon von seinem verdienten Ruhestand träumte, hatte alles richtig im Griff, und so nahm diese Hauptprüfung mehr den Charakter eines freundschaftlichen Unterrichtsbesuchs an. Und weil es keinerlei Beanstandungen gab und der Visitator, wie nicht anders erwartet, das Balzholzer Schulhaus bestens bestellt fand, ging er diesmal nicht in den »Hirsch«, sondern nahm ohne Bedenken eine Einladung meiner Großmutter zum Mittagessen an. Nachdem auch der Nachmittagsunterricht zu aller Zufriedenheit verlaufen war, schied er schließlich im besten Einvernehmen.

Am nächsten Tag faßte er auf dem Evangelischen Bezirksschulamt in Nürtingen seine Eindrücke zusammen. Unter dem Datum vom 18. Februar 1920 erhielt Hauptlehrer Mutschler folgenden Prüfungsbescheid:

»Es ist mir eine Freude gewesen, mich wieder von Ihrer treuen, eifrigen und erfolgreichen Arbeit überzeugen zu dürfen. Sie verstehen es gut, Ihren Arbeitsgeist auf die Schüler zu übertragen. Hie und da gewann ich den Eindruck, es gäbe modernere Methoden, aber schließlich ist das gute Alte immer zeitgemäß. Und gut war der Gesamteindruck der Klasse. Ja, ich stehe nicht an, der erzieherischen Seite Ihrer Tätigkeit das Zeugnis sehr gut zu geben. *Kirn, Bezirksschulinspektor*«

Aufgrund dieses Zeugnisses wurde Christian Mutschler im Herbst 1920 zum Oberlehrer befördert. Er hatte damals schon einundvierzig Jahre seinen Dienst versehen und stand in seinem sechzigsten Lebensjahr.

Ein Dorfschulmeister

Christian Mutschler ist zeit seines Lebens ein einfacher Schullehrer geblieben. In der Einklassenschule von Balzholz, am Fuße des Neuffen im königlichen Oberamt Nürtingen, war er Herr über fünf Dutzend Zöglinge. Seine massige Gestalt thronte hinter einem schweren, eichenen Katheder, von dessen Podest herunter er die ganze Schulstube im Auge hatte. Hinter dem Pultdeckel lag neben dem Tintenfaß ein Meerrohr, denn den faulen Buben spannte man damals noch die Hosen, und ein unartiges Mädchen bekam zumindest eine gesalzene Tatze verpaßt.

Vom frühen Morgen bis zum späten Nachmittag waltete der Lehrer seines Amtes. Bald übte er Buchstabieren und Schönschreiben mit den Abc-Schützen, bald Bruchrechnen mit den Großen; dann stand wieder für alle miteinander Singen oder Zeichnen auf dem Stundenplan. Und weil auch Pädagogen nicht als Alleskönner auf die Welt kommen, mußte er sich so manches noch abends erarbeiten, im trüben Schein einer Petroleumfunzel; denn solange es Tag war, besonders am freien Mittwochnachmittag oder nach dem Samstagunterricht, sah man ihn unermüdlich in seinem Schulgut werken, Kirschbäume ausputzen, Zäune flicken und Grünfutter mähen für die Stallhasen, oder er schaute, eine alte Deckelpfeife schmauchend, nach seinen vielen Bienenstöcken.

Für die große Familie war nämlich der Verkauf von Honig eine wichtige zusätzliche Einnahmequelle. Wegen des winzigen Gehalts war man auf einen Nebenverdienst angewiesen und freute sich über jede private Zuwendung. Bei Hochzeiten versah der Herr Hauptlehrer den Organistendienst. Hernach kam er stets mit einer Flasche Täleswein und einem großen Hefekranz nach Hause. Das wurde dann immer ein Fest für die Seinen. Man lebte arg bescheiden, und einen ordentlichen Braten konnte sich der

Lehrer höchstens am Sonntag leisten. Deshalb sah er es nicht ungern, wenn die Schüler manchmal eine Portion Metzelsuppe oder einen Hafen Schmalz mitbrachten, was selten genug geschah, denn im ganzen Flecken gab es keinen einzigen reichen Bauern.

Kurz, der Christian Mutschler war ein Dorfschulmeister, wie er im Buche steht, einer von denen, über welche die modernen Päpste der Pädagogik gerne die Nase rümpfen.

Aber die Verhältnisse waren ja auch danach. Man ging damals nur sieben Jahre zur Schule, und das hielt man schon für sehr fortschrittlich. Wenn sechzig Schüler gleichzeitig unterrichtet oder in verschiedenen Gruppen beschäftigt wurden, dann galt das als durchaus normal, und wenn es einmal ein paar mehr geworden waren, dann krähte auch kein Schulrat danach. Im Gegenteil, der erwartete, daß manche Schüler noch extra gefördert wurden, die Thusnelde zum Beispiel, die etwas schwach im Kopf war und eigentlich auf eine Hilfsschule gehört hätte. Oder der Theodor, der immer »zaischd« saß und später einmal aufs Seminar überwechseln sollte.

Dabei war die Dorfschule mehr als jämmerlich ausgestattet, wie es auch den Schülern oft am Nötigsten fehlte. Viele kamen im Sommer barfuß, ihre wenigen Utensilien – Schiefertafel, Fibel und Griffelkasten – unter den Arm geklemmt.

Und wie altmodisch es seinerzeit zuging! Man sang noch Volksweisen aus dem vorigen Jahrhundert und Choräle aus der Zeit vor dem Dreißigjährigen Krieg. Viele der Kirchenlieder von Martin Luther oder Paul Gerhardt mußten die Kinder sogar auswendig lernen und auch Balladen von Uhland und Schiller aufsagen können. Der Unterricht begann mit einer Andacht und endete mit einem Gebet. Dazu gab es drei Stunden Religion pro Woche, in denen nicht die Bibel kritisiert, sondern der Katechismus durchgenommen wurde. Im Rechnen fing man mit dem kleinen Einmaleins an und im Lesen und Schreiben mit den Buchstaben. Die Geschichte begann mit den württembergischen Grafen, und in Heimatkunde befaßte man sich zuerst mit dem eigenen Oberamt. Die Schüler mußten noch die Wiesenblumen kennen und die Bäume des Waldes, sogar die Teufelsfinger und Ammoniten. Auch hielt der Lehrer stets auf Anstand und rechte Manieren, und weil es noch keine Eltern gab, die es besser wußten, blieb seine Autorität unangetastet.

So ist von progressiven Errungenschaften nichts zu berichten. Man blieb in seiner kleinen Welt. Beim Schulausflug ging's zu Fuß auf die Teck oder den Rauber, zum Uracher Wasserfall oder in die Falkensteiner Höhle.

Nur einmal durften die Großen nach Stuttgart, in »Nills« Tiergarten auf der Doggenburg. Dieser Ausflug blieb monatelang Dorfgespräch, denn von den Alten waren viele noch nie in die Residenz gekommen. Auch paßte es ganz und gar nicht in ihr Weltbild, daß die Jungen eine so weite Reise machen sollten und dabei so viel Geld vertun. Tatsächlich hatte die Fahrkarte dritter Klasse eine Mark fünfzig gekostet, und dazu waren noch zehn Pfennig für den Eintritt gekommen und weitere zehn für eine rote Wurst. So etwas empfanden die Eltern als eine arge Zumutung.

Aber sonst war man mit dem Schulmeister ganz zufrieden. Er war bei allen anerkannt, und deshalb wurde auch sein Rat gerne angenommen. Er konnte den Leuten sagen, wie man Bäume und Sträucher schnitt, und wußte, wie man den Schädlingen in Feld und Garten beikam. Er beriet sie in Berufsfragen und hätte auch einen guten Psychologen abgegeben, verstand er es doch, auch manchem Erwachsenen den Kopf zurechtzusetzen. Da und dort hat er sogar geholfen, eine Ehe wieder zu kitten.

In der Schule wurden noch keine Probleme herbeigeredet. Deshalb lebte man ohne große Konflikte. Die Schüler wußten um ihre Pflichten und kannten noch keinen Streß, sondern fühlten sich, als sie konfirmiert wurden, an Leib und Seele gesund und gerüstet fürs Leben. Sie schrieben mit ihren Stahlfedern ordentlicher als wir heute mit unseren Kugelschreibern und machten auch nicht mehr Fehler als die neue Generation, die oft dreizehn Jahre und länger die Schulbank drückt und dabei nicht einmal mehr die Briefe ihrer Voreltern zu lesen versteht. Überhaupt ehrten die Kinder von damals noch das Alter und achteten die Gebote. Sie kannten und liebten ihre Heimat, strebten nicht in die Ferne und blieben auch sonst bescheiden, wie es ihnen der Schullehrer vorgelebt hatte.

Mancher von Mutschlers Schülern hat es zu etwas gebracht. Einer wurde Prokurist in Neuffen, ein anderer Seminarlehrer in Nürtingen, ein dritter Betriebsleiter in Kirchheim. Espenlaubs Gottlob war sogar ein bekannter Sportflieger und später Industrieller im Rheinland. Und die drei Söhne des Schulmeisters sind ebenfalls in den Lehrerstand eingetreten. Die meisten aber blieben daheim, wurden tüchtige Handwerker, trieben eine kleine Landwirtschaft um oder gingen einfach treu und brav ein Leben lang in die Fabrik, nach Neuffen oder Owen, wie der Fritz Schäfer, der fünfzig Jahre lang in einer Weberei gearbeitet und keinen einzigen Tag gefehlt hat. Jeden Mittwochabend aber hielt er bei den Pietisten die »Stunde«, und man rühmte, wie gut er die Bibel auszulegen verstehe, besser als der Pfarrer von Beuren.

Und von den Mädchen haben fast alle später einen braven Mann bekommen und in ihrer Aufgabe als Frau und Mutter eines zumeist stattlichen Kinderkreises Erfüllung gefunden, und sie haben sich in ihrem Leben an die Spruchweisheiten ihres Lehrers gehalten und sind nicht schlecht damit gefahren. Sie suchten noch keine

Selbstverwirklichung, sondern waren für andere da.

Und die Jungen dankten es ihnen und haben sie später nicht abgeschoben in irgendein Heim, auch dann nicht, als die Füße erlahmten und die gichtigen Finger zu nichts mehr taugten. Das verlangten die Ehrfurcht und das vierte Gebot. Auch wußte man um den Segen, der von der Ahne ausging. Wenn diese auch nichts mehr schaffen konnte, so fühlten sie sich doch getragen von der täglichen Fürbitte, die in dem Hinterstübchen getan wurde. Und als dann auch noch die Augen versagten und ihr selbst die großgedruckten Lettern ihres Losungsbüchleins verschwammen, da entsann sich die Großmutter der Sprüche und Verse, die man ihr einst in der Schule aufgegeben hatte, und sie vermochte weiterhin die Familie mit ihren Gebeten zu begleiten und war auch selbst gerüstet, als ihr letztes Stündlein schlug.

Die Enkel aus der Stadt freilich, die von der »Oma« sprachen und selten genug nach ihr schauten, die wußten mit den frommen Sprüchen nichts mehr anzufangen und trieben auch heimlich ihren Spott damit. Das tat dann weh, denn die Alte merkte es wohl, und sie konnte sich nur wundern, daß das, was sie einst bei ihrem Lehrer gelernt hatte, nun nichts mehr gelten sollte.

Christian Mutschler hat die neue Zeit nicht mehr erlebt. Bald nach dem Ersten Weltkrieg war er in Pension gegangen. Bei seiner Verabschiedung sind viele schöne Worte gesprochen worden.

Auch der Bezirksschulinspektor aus Nürtingen war gekommen, und daß der ihm eine vorbildliche Amtsführung und ein segensreiches Wirken bescheinigte, hat den guten Mann viel mehr gefreut als das teure Polstermöbel, welches ihm die Gemeinde überreichen ließ.

Er hat sich dann in dem neuen Ohrensessel nur kurze Zeit ausruhen dürfen, denn schon ein Jahr danach wurde er auf dem kleinen Balzholzer Friedhof zur letzten Ruhe gebettet. An seinem Grab hat der poetisch begabte »Molker« Espenlaub, dessen acht Kinder alle Mutschlers Schule durchlaufen hatten, ein langes, selbstverfaßtes Gedicht vorgetragen. Seine erste Strophe lautete:

Ein halbes Menschenalter hat
Herr Mutschler Schul gehalten,
War mustergültig früh und spat,
Ein Vorbild für uns Alten.
Hat unsere Jungen treu gelehrt,
Wie man auf dieser Erden
Als Mensch sei tüchtig und bewährt,
Als Christ kann selig werden.

Als zwei Generationen später einer von Mutschlers Enkeln in einem Nachlaß diese Zeilen fand, da ist er ganz klein geworden. Er war selbst Pädagoge, sogar in angesehener Stellung und mit einem akademischen Grad versehen, auch Mitglied etlicher Fachkommissionen und Verfasser gelehrter Schriften. Nun stand er ebenfalls am Ende seiner Laufbahn. Aber sein Wirken war in die Zeit gefallen, wo keiner mehr zur inneren Ruhe finden konnte und man vor lauter Reformen den Menschen vergaß.

Die schönen didaktischen Rezepte, an die er sich einst in fortschrittsgläubigem Enthusiasmus gehalten hatte, waren längst zu Makulatur geworden. Jedes Jahrzehnt hatte neue Methoden und andere Maßstäbe hervorgebracht, ohne daß er einen Sinn erkennen konnte. Dagegen sah er, daß hinter der glänzenden Fassade modernster Architektur, kostbarer Apparaturen und hohen wissenschaftlichen Anspruchs so manche Seele verkümmern mußte. Und deshalb zweifelte der Herr Doktor längst, ob er seinen Schülern, wie einst der Großvater, ein echtes Vorbild gewesen war, und wußte nicht, wie diese ihr Leben meistern würden. Eines aber war ihm plötzlich aufgegangen: daß er und alle seine gescheiten Kollegen mitsamt ihrer Wissenschaft nicht mehr imstande waren, ihren Schülern den Weg zum wahren Leben zu weisen.

Kohldampf

Es wurde viel gehungert und gestorben in den französischen Kriegsgefangenenlagern, damals im Frühjahr und im Sommer 1945. Binnen kurzem hatte jeder »Prisonnier« mindestens zehn Kilo abgenommen, und bei so manchem ging das schnell an die Substanz. Dreihundert Gramm Brot pro Tag und eine Kelle dünner Suppe, dazu ein halber Liter »Tee«, angebrüht mit dem, was die Sammler jeden Tag von ihrem Gang über die umliegenden Fluren heimbrachten – damit konnte niemand lange durchhalten.

Buchstäblich über Nacht war dann das Rezeptfieber ausgebrochen und hatte das bis dahin beherrschende »Thema Nummer eins« abgelöst. Auf einmal wollte niemand mehr diese ewigen

Weibergeschichten hören, und anstelle der kleinen Casanovas standen nun Küchenmeister und Hobbyköche, Bäcker und Konditoren im Mittelpunkt. Als ob die irgend etwas Eßbares hätten herbeizaubern können! Doch allein schon ihr Wissen war gefragt.

Je länger und je mehr die Männer Kohldampf schoben, desto stärker stieg das Fieber. Mit hochroten Köpfen umstanden die einstigen Helden ihre neuen Autoritäten aus dem Nahrungsmittelgewerbe. Wer über keinen Notizblock oder Briefbogen verfügte, schrieb auf alte Kuverts. Andere hatten sich gegen eine Zigarettenkippe ein Stück Packpapier eingehandelt und bekritzelten nun dieses mit dem Rezept ihrer Leibspeise. Nicht wenige der verhinderten Feinschmecker verfertigten im Laufe der Hungersnot ganze Kochbücher, in die beileibe nicht jeder Sterbliche Einblick erhielt, sondern höchstens der beste Kumpel oder einer, der dafür ein anderes gastronomisches Geheimnis offenbaren konnte, ein unbekanntes Familienrezept oder eine regionale Spezialität.

Ständig umlagert waren ein Gastwirt aus Bad Harzburg sowie ein Schlemmerkoch aus Oberfranken. Der »Küchenbulle«, in Friedenszeiten einst Chefcuisinier eines renommierten Schwarzwaldhotels, hatte für die Lager-Hautevolee eine ganze Menüfolge zusammengestellt, die er sich mit seinen Freunden anstelle der täglichen Wassersuppe gerne gegönnt hätte.

Wie Gurus gebärdeten sich etliche dieser neuen Kochgeheimnisträger, und ihre Jünger bannten alles gläubig auf ihre Papiere. Den meisten ging erst hier im Lager auf, wie groß die Vielfalt der deutschen Küche tatsächlich gewesen war. Der Bayer verriet dem Kameraden von der Spree die Zutaten für einen zünftigen Gugelhupf und wurde dafür in die Herstellungsweise von Berliner Pfannkuchen eingeweiht. Ein Schwabe tauschte mit einem Sachsen das Backrezept für Springerle gegen dasjenige von Dresdner Christstollen. Wieder andere träumten, während sie aus einer rostigen Konservendose eine undefinierbare Brühe löffelten, laut von Leberknödeln und Cordon bleu, Hirschbraten und Jägerschnitzeln. Und als Nachtisch marschierten im Geist Mohrenköpfe und Eisbomben, Linzer Torten, Schneckennudeln und Mohnstriezel in ihren Reihen mit.

Nur in einem unterschieden sich die Kochrezepte, die da hinter Stacheldraht massenweise ausgetauscht wurden, von denjenigen, die in deutschen Kochschulen von wohlgenährten Lehrmeisterinnen den gutbürgerlichen Töchtern beigebracht worden waren. Je kleiner nämlich die Rationen in den »Dépôts« waren, um so größer wurden die Portionen auf dem Papier. Schließlich begnügten sich die Landser nicht mehr damit, Gerichte für einen Vierpersonenhaushalt zusammenzustellen. Mit den Mengen, die in ihrer Phantasie verkocht wurden, hätte man ganze Korporalschaften sättigen und mit ihren Mammutkuchen ganze Hochzeitsgesellschaften beköstigen können. Ihre Maßstäbe wurden um so irrealer, je mehr die Knochen unter der Haut hervortraten.

Ein spindeldürres Bäuerlein aus Mehrstetten von der Schwäbischen Alb hörte man damals ausrufen: »Wenn i hoimkomm, no geit's a Schubkarr voll Spätzle ond a Gießkann voll Soß!«

Der König im Badezuber

Der Schwiegersohn König Friedrichs von Württemberg, Jerôme Bonaparte, unter dem Namen Hieronymus von 1807 bis 1813 König von Westfalen, klagte schon als Fünfundzwanzigjähriger über starke rheumatische Beschwerden. Ob der heißblütige Korse das rauhe deutsche Mittelgebirgsklima nicht vertrug oder ob er sich das Leiden bei den vielen höfischen Lustbarkeiten zugezogen hatte, wo sich die Damen und Herren allzu leicht bekleidet vergnügten, sei dahingestellt. Jedenfalls verordnete der Leibarzt dem »König Lustig«, als die Beschwerden nicht nachlassen wollten, regelmäßig heiße Bäder in Rotwein zu nehmen.

Da nun um die Residenzstadt Kassel herum kein Weinbau betrieben wurde und die Erzeugnisse der deutschen Winzer damals auch nicht als konkurrenzfähig und heilkräftig genug galten, bezog man den geeigneten Rebensaft direkt aus dem Beaujolais. Woche für Woche gelangte von nun an auf dem langen und umständlichen Weg über Straßen, Flüsse und Kanäle eine Ladung roten Spätburgunders von der Saône bis an die Fulda.

Dem jungen König tat die verschriebene Badekur sichtlich gut, und er fühlte sich so wohl dabei, daß er diese ungewöhnlichen Sitzungen oft lange ausdehnte. Immer wieder mußten ein paar Kannen heißen Weins nachgegossen werden. Dabei hat sich Jerôme nicht nur den Badefreuden hingegeben, sondern zwischendurch auch manche wichtige Entscheidung gefällt und oft nebenher noch ein dringendes kleines Geschäft getätigt.

Wenn die Schloßbediensteten später das Badezimmer des Königs aufzuräumen hatten, tat es ihnen stets leid um den kostbaren Saft, der da einfach weggeschüttet wurde. Schließlich kamen zwei Lakaien auf die treffliche Idee, den teuren Wein weiterzuverwerten. Sie füllten den Inhalt des königlichen Badezubers in Flaschen und fanden in der westfälischen Residenz bald genügend Liebhaber, die bereit waren, für den französischen Importwein einen ordentlichen Preis zu zahlen, zumal die Diener glaubhaft versichern konnten, es handele sich um dieselbe Marke, die seiner Majestät so gut getan habe. Ihre Ware fand sogar reißenden Absatz. Selbst unter Kennern rühmte man diese Rarität und lobte allenthalben das besondere Bukett sowie den rezenten Geschmack.

Am Ende waren alle zufrieden. Der Monarch fühlte sich wie neu geboren, die Kasseler Feinschmecker hatten einen guten Geheimtip, und die Bediensteten, welche den Wein feilboten, machten ein glänzendes Geschäft, um so mehr, weil sie oft einen vollen Liter mehr abfüllen konnten, als sie zuvor in die Wanne geschüttet hatten. So arg hot der Keenig schwitza miaßa!

Die blaue Kuh

Damals war ich froh, daß man mich zu dem normannischen Bauern verbracht hatte, denn im Kriegsgefangenenlager wäre ich vollends verhungert. Und zum Glück hatte man mir noch einen Kameraden beigegeben, der ordentlich hinzulangen verstand. Mich kleines Leichtgewicht mit seinen schmalen Pennälerhänden konnte man nämlich zu nicht viel gebrauchen, vermochte ich doch weder mit Pferden umzugehen, noch war ich kräftig genug, eine schwere Garbe zu stemmen oder einen Kartoffelsack zu heben. So wurde ich eben zu diversen Handlangerdiensten herangezogen. Bei der Getreideernte trottete ich stundenlang hinter dem Bindemäher her. Man hatte mir eine dicke Speckschwarte in die Hand gedrückt, durch die ich den papierenen

Bindfaden gleiten lassen sollte, damit die Schnur nicht so oft riß. Sonst wurde ich meist der Bäuerin zugeteilt, durfte die Ställe ausmisten, alte Säcke flicken oder die Zentrifuge bedienen, und wenn es abends einmal wieder Buchweizenbrei gab, schickte sie mich zum Monument, dem Ehrenmal für die Gefallenen des Ersten Weltkriegs, um dort ein paar Lorbeerblätter zu stibitzen.

Als eines Tages die Stallmagd davonlief, versuchte man, mich in das Metier des Melkens einzuweihen. Ich kann nicht behaupten, daß ich mich dabei geschickt anstellte. Zwar verstand ich es bald, den Zitzen der Kühe Milch zu entlocken, aber auch Wochen später dauerte es noch endlos, bis ich mit einer Kuh zu Rande kam. Man konnte es der Patronin, die mir ohnehin die leichteren Fälle überließ, nicht verdenken, daß sie gelegentlich ihrer Ungeduld Ausdruck verlieh, wenn sie bereits unter der dritten Kuh saß, während ich mich immer noch mit der ersten abmühte. Für die Tiere muß der unpraktische Hilfsknecht eine Strafe bedeutet haben. Sie wehrten sich auf ihre Weise, indem sie den Melkkübel umwarfen, mir den Schwanz um die Ohren schlugen oder auf der Weide einfach davonliefen.

Mit einer Kuh hatte ich meine besondere Not. Sie hieß La Bleue, also »die Blaue«, weil ihr Fell einen Stich ins Blaugraue aufwies, und war unsere beste Milchgeberin. Mir aber verweigerte sie jedesmal fast einen Schoppen, so daß die Bäuerin immer nachmelken mußte und endlich die »Blaue« ganz in ihr eigenes Ressort übernahm.

Eines Winterabends war ich gerade dabei, unsere gutmütige Schecke abzumelken, und hatte bereits einen gefüllten Eimer zwischen den Beinen. Auf der anderen Seite des schmalen Ganges streckte mir La Bleue ihr breites Hinterteil entgegen. Nun war das gute Tier damals ziemlich angeschlagen. Vielleicht hatte es TB, zumindest aber einen hartnäckigen Husten mit Durchfall. Plötzlich geschah es, daß die kranke Kuh den heftigen Drang verspürte, sich zu entleeren. Gleichzeitig gab sie einem starken Hustenreiz nach, und bei dieser Gelegenheit wurde mir die braune Suppe in einem langen Strahl über den Gang hinweg mitten ins Gesicht gesch...ossen. Ich bin heute noch davon überzeugt, sie hat es absichtlich getan. Sie konnte eben die Deutschen nicht leiden. Auch mein Bauer lachte daraufhin nur schadenfroh. Für ihn war die Hauptsache, daß von den flüssigen Fladen nichts in den Milchkübel gegangen war.

Ich bemühte mich dann, der blauen Kuh nicht mehr ins Schußfeld zu kommen, und das gelang mir auch, weil der Hofbesitzer bald darauf eine Melkmaschine anschaffte, die wesentlich zuverlässiger arbeitete als ein Stuttgarter Oberschüler. Aber wir hatten diese Rechnung ohne unsere Blaue gemacht. Die war absolut gegen den Fortschritt eingestellt. Selbst wenn sie sich einmal, was nur mit viel List und Tücke gelang, die Melkbecher anlegen ließ, gab sie kaum etwas Milch. Sie wollte partout von Hand gemolken sein. Und weil sie zu den preisgekrönten Muttertieren des Départements gehörte, respektierte man ihren Willen. So zog ihre Herrin nach wie vor mit Eimer und Melkschemel los.

Bald darauf hätte es fast ein Malheur gegeben. Die Bauersfrau kam ins Wochenbett, aber ihre störrische Kuh nahm keinerlei Rücksicht darauf, sondern versagte sich weiterhin der Technik und pfiff auch auf die Ehre, vom Patron persönlich gemolken zu werden. Was also tun? Schließlich griffen wir zu einer List. Monsieur zog sich den Rock der Kindsmutter an, streifte noch deren

Stalljacke über und band sich ihren Schurz um. Sein schon merklich gelichtetes Haupt verhüllte er mit dem roten Kopftuch von Madame, und so näherte er sich vorsichtig dem prall gefüllten Euter. La Bleue überließ sich tatsächlich willig seinen geübten Händen, zumal er sich hütete, mit dem eigensinnigen Vieh zu sprechen, sondern nur von Zeit zu Zeit ein befriedigtes Summen von sich gab. Wir anderen aber hatten über dieses gelungene Experiment viel zu lachen, denn fast drei Wochen lang sahen wir den Gutsherrn täglich zweimal in dieser merkwürdigen Maskerade. Das Tier wurde offenbar nie mißtrauisch. Letztlich war La Bleue eben doch nur eine dumme Kuh. Aber sie blieb eine Kuh mit Charakter.

Uns Kriegsgefangenen hat man kurz danach das Angebot gemacht, als Gastarbeiter in Frankreich zu bleiben. Aber Sie werden verstehen, daß ich es vorgezogen habe, in meine schwäbische Heimat zurückzukehren, obwohl es auch in der Normandie nette Mädchen gab. Auch möge man mir nachsehen, wenn ich mir nach diesem unfreiwilligen und so wenig glücklichen Debüt in der Landwirtschaft später doch lieber einen anderen Beruf gesucht habe.